靈通小農女 1

風 文創 827

藍一舟 著

目錄

序 …… 005
第一章 …… 007
第二章 …… 017
第三章 …… 029
第四章 …… 041
第五章 …… 051
第六章 …… 063
第七章 …… 075
第八章 …… 087
第九章 …… 099
第十章 …… 113
第十一章 …… 125
第十二章 …… 137
第十三章 …… 149
第十四章 …… 161
第十五章 …… 173
第十六章 …… 185
第十七章 …… 197
第十八章 …… 207
第十九章 …… 217
第二十章 …… 229
第二十一章 …… 239
第二十二章 …… 249
第二十三章 …… 261
第二十四章 …… 271
第二十五章 …… 283
第二十六章 …… 295
第二十七章 …… 307
第二十八章 …… 317

序

藍一舟

我曾經說過：「我有一個願望，當我老了，有座房子，春天薔薇爬滿牆，夏天荷花滿池塘，秋天庭院飄桂香，冬天白雪落四方。一年四季都是風景。」

這種美是安靜的，是充滿韻味的，是蓬勃又向上的。

這種美到語言都無法形容的感覺，讓人心靈震撼。

大概是作為一個農村長大的姑娘，我對於土地始終有著特別的情懷。我時常想著老了回農村，好好享受享受，種兩畝地，弄個屬於自己的小菜園，房子周圍都是花花草草，該有多好？我這樣一個喜歡把故事用文字記錄下來的作者，又怎麼可能會放過這樣好的畫卷呢？所以我想寫一個關於種田的故事，於是開始構思我的小農女。

後來就有了這本書，在創作的過程中我經歷了很多，每天在構思、思考，寫出一個又一個小故事，然後再修改，這樣反覆，為之付出許多心血。

偶爾，我會和朋友聊聊書裡的故事，達到共鳴的時候，恨不得立刻就寫出來，一個又一個夜晚把故事講述、記錄下來已經成為習慣。

這是一個非常貼近生活的小故事，它有著自己的愛恨情仇，有著自己的家長裡短，有著自己的風花雪月，山高水遠。

這個故事能呈現給大家，真的非常開心，也非常想要對看到最後的讀者朋友們說聲感謝。

感謝在這茫茫書海中，你們選擇了我。

感謝你們對這個故事的喜歡。

願餘生皆是快樂，皆是平安，皆是心想事成。

第一章

「好好……別丟下娘……咳，娘沒有用，護不住妳……妳也不該這樣自殺啊……」

自殺，誰自殺？明明是被人害死的。

「娘，別哭，別哭啊！」稚嫩的聲音在耳邊響起，讓她皺起眉頭。

「好好……文遠，咱們以後怎麼辦啊……」

哭聲不停地在耳邊迴蕩。

「別吵。」她艱難地吐出兩個字，頓時哭聲就消失了。

再之後就什麼都不知道了。

再次醒來的時候，柳好好被眼前的東西給嚇呆了。她眨眨眼睛又閉上，然後睜開、再閉上，那雙杏眸越來越大。這……是怎麼回事？

「姐姐！」

稚嫩的聲音傳來，柳好好挪轉脖子看過去，就見到一個瘦得乾巴巴的小子衝過來，因為太瘦了，眼睛顯得特別大。

「你……」是誰？

但是嗓子火辣辣地疼，根本說不出來。

「娘、娘！姐姐醒了！」

小傢伙似乎並沒有看出姐姐眼中的疑惑，飛快跑出去，大聲喊著。

柳好好認命地看著這個地方，心中都是沮喪和難受。

她似乎穿越了，而且是魂穿。也對，都被車撞成那樣了，哪還能身穿啊？

這個家……家徒四壁，對面牆壁上的縫隙都可以見光了，還能說什麼呢？除一個土炕之外，就只有一張歪斜的桌子和兩把斷了腿的椅子，還有一個門都關不上的櫃子。

她能不能再死一死……

「好好、好好，我的乖女兒，妳終於醒了。」

這時，一個穿著粗布衣衫的女人撲了過來，眼淚簌簌往下落，臉色蠟黃，看上去十分不健康。

「妳這個死孩子，怎麼就這麼、這麼……妳就算不高興也要想想娘啊，娘再怎樣也不會把妳嫁過去的！沒事啊，沒事的，什麼事都有娘呢，別怕啊！」

柳好好無奈。雖然沒有一點記憶，但還是聽出來了，只怕有人想要把她嫁給誰，一下想不開就自殺了。「渴……」

「對、對，喝水，喝水。」

婦人趕緊站起來要去端水，就見到之前那個小傢伙端著一個破了口的大碗走進來。

「娘，姐姐喝水。」

「還是文遠乖。」

柳好好心中再次嘆口氣。這到底是有多窮才會長成這樣啊，她覺得未來的路真的不好走啊……

水從嘴巴落入喉嚨之中，她像是著火一樣的嗓子終於舒服了。

「好點了嗎？乖女兒，娘去給妳做點吃的。」

「謝謝……」

「文遠乖啊，陪姐姐說說話。」婦人趕緊把小傢伙放在她的身邊，緊張地吩咐道，看上去生怕她再尋短見。

文遠的眼睛都紅了，一邊說：「大伯母想要把妳嫁人，那個王家的人，很壞很壞的！」

小傢伙前言不搭後語地把事情說了出來，聽起來真是一攤爛事。

柳好好皺皺眉，見文遠怕成那樣，小聲安慰道：「文遠……不怕，到姐姐這裡來。」

小傢伙看樣子很想過來，但是又不知道為什麼還是搖搖頭，而是努力把自己團成一個球，默默地縮在那裡，看得柳好好是既心疼又無奈。

她幽幽嘆口氣，只怕那個大伯母不會善罷甘休的。

柳李氏許久才端著一碗粥過來。柳好好沈默地看了一眼，見她眼睛紅腫，默默地把這碗幾乎看不見米粒的稀飯給吃了下去。

吃飽了才有力氣，才能夠明白到底發生了什麼事，才知道她應該怎麼辦。

也不知道是不是柳李氏之前的威脅比較有震懾力，這幾天，家裡比較安靜，而柳好好也在她的照顧下漸漸有了力氣，可以下床走動了。

第一件事——照鏡子！

這裡沒有鏡子，但有水缸。

看著水面上的倒影，她再一次沈默了。這個乾瘦的小妮子是誰，臉都瘦得脫形了，髮絲也乾枯，那雙眼睛也和文遠一樣，大大的，都有些嚇人。

「姐姐！」

小傢伙的腦袋實在是有些大，眼睛看得也有些恐怖，不過小東西喜歡姐姐，好套話得很，還沒怎麼問就什麼都說了。

原來這柳家的老父親是個憨厚之人，生了兩個兒子，大兒子五歲上山玩的時候摔了腿，可那時候老二要出生，所以沒有照顧到他。等發現的時候，已經錯過了最好的機會，從此成了一個瘸子。

而老二出生之後，有個算命先生說二子有出息，日後會是個秀才，柳老爺子就樂呵呵地請了一個秀才給二子取了一個文縐縐的名字。而他也應了那個算命的話，還真的考了個秀才。

於是，大家都說柳家二子是文曲星下凡，是整個柳家村的希望……而那個跛了腳的大兒子就漸漸被人遺忘，也漸漸變得自私自利、冷漠無情了。

後來好不容易娶了一個老婆王翠花，誰知道那女人心裡原本是想嫁給二子的，結果二子死活要娶的是村頭李老漢家的閨女，也就是柳李氏李美麗，這讓原本關係不好的兩兄弟更是嫌隙加深。

後來老兩口死了，大兒子用盡各種手段，只給弟弟一間破屋和三畝下等地便各過各的。本來柳家二郎是個秀才，在村裡當個教書先生，日子過得也還不錯，和李美麗的日子和和美美，又生了一兒一女。這讓柳大郎更加厭惡，時不時就要上門討要點錢糧，不然就是不敬兄長。迂腐的二郎自然是不敢忤逆，原本還不錯的日子一天一天地差了。

本來還能勉強過日子，結果去年二郎出門，竟然染了病，就這麼去了，還把家裡的錢全部給花完了，留下這娘仨艱難過日子。

今年，柳好好十歲，而小弟七歲了，可兩個孩子長得營養不良。如今大郎和王翠花迫不及待想要把柳好好嫁出去，好霸占弟弟的破屋和攢下來的五畝田，簡直喪盡天良。

柳好好嘆口氣。

「姐姐，怎麼了？」

「沒事。」她擺擺手，低著頭看著腳邊的小草，然後鬱卒地伸出腳碰了碰。

「哎喲，誰這麼沒有天良啊！竟然打擾人睡覺，不知道春睏嗎？啊……」一小小的、軟萌萌的嗓音傳過來，柳好好動了動耳朵，又用腳碰了碰面前的小草。

「欸欸欸，過分啊，雖然我是一棵草，但也是個有脾氣的草，信不信我……給妳好看！」那個軟萌的嗓音十分有脾氣地說道。

「好啊，給我什麼好看呢？」

「欸欸欸，當然讓妳神不知鬼不覺地摔跤……欸，妖怪！」小草的嗓音蹭地大了，瑟瑟發抖，恨不得把自己蜷成一團。

當然在其他人的眼中，只是這綠色小葉子抖了抖罷了。

「呵呵，小東西。」柳好好笑了笑，沒有再捉弄這株可憐的小草了。

能聽懂植物的話是她上輩子最大的秘密，沒想到換了個時空換了具身體，竟然還有這個本事，倒也是心安了許多。

「姐姐？」文遠蹲在一邊，歪著大腦袋不明所以地看著自從醒過來就一直嘆氣的姐姐。「妳是餓了嗎？」

柳好好摸摸自己空蕩蕩的肚子，惆悵地看著不遠處的山。「我想上山。」

「姐姐，不能啊，山上很危險的！」文遠立刻撲上來，抱著她的大腿。「姐姐，妳這是要做什麼，娘說了妳不能做傻事！妳要是沒了，咱們也不活了！」

她真的沒有想去死的，之前的那具身體肯定是沒有了，如今好不容易活過來，還年輕十幾歲，自然要好好珍惜。但是自己太瘦了，乾巴巴的有什麼好看的。

「沒有，姐姐只是想轉轉。你想啊，娘的身體這麼差，我去山上說不定還能找點吃的呢！」

文遠看著她，似乎想要從她臉上看出她說的是真的還是假的。

「那……那我們一起！」

柳好好其實不想帶著他，但是看著小傢伙抱住自己大腿死不放手的模樣，只好答應了。

「那你不能告訴娘。」

「打勾勾！」

「打勾上吊一百年不許變！」欸，果然年輕了十幾歲，自己也幼稚了。

柳好好揹著小背簍，拉著文遠，兩個人悄悄地往山上走去。

春天的山其實是很危險的，畢竟經過了一個冬天，山上的猛獸餓了那麼久，肯定是到處尋找食物。不過她有作弊器啊，怕啥?!

「怎麼來了兩個小娃娃，難道不知道這山上危險嗎？」

「誰知道呢，不過西邊可不能去啊，那裡的狼現在都瘋了，這兩個小子過去也不夠塞牙縫的。」

「嗯，是啊，對了剛才一隻野雞跑過去了，我還看到幾個野雞蛋。」

柳好好拉著文遠的手往那棵楊樹說的地方走去，果然在草叢裡面找到了幾顆野雞蛋。

「姐姐，野雞蛋！」文遠的眼睛亮亮的。他好久好久沒有吃到雞蛋了，好想吃。

「乖，我們再看看有沒有其他好吃的。」

「咦，這娃娃運氣不錯啊，這麼隱蔽都找到了。」

「是啊是啊，不過小娃娃長得實在是太瘦了，要是吃點肉就好了。」

「前面的洞裡面，幾隻兔子在睡覺呢，小傢伙要是能抓到就好了。」

柳好好聽著，二話不說就往兔子洞的地方走去，示意文遠站在那裡，悄悄過去。

「快點，快點，牠們醒了。」

「沒事，我讓木藤堵住洞口，伸手抓絕對沒問題。」

柳好好聽到這些，興奮地跪在地上，擼起袖子伸出手就往洞裡面抓去。果然幾隻被趕過來的兔子慌不擇路地衝過來，她努力抓著，終於抓住了兩隻掏出來。看著兩隻兔子不停地蹦躂著，臉上露出笑意。

「有肉吃了！姐姐，妳真厲害！」

而周圍的植物們似乎沈默下來。

「我怎麼覺得這小丫頭能聽懂咱們說的話呢？」

「也許只是運氣？」

「也是。以前也有人抓到兔子。」

柳好好笑了起來，找了幾根草藤把兔子綁得結結實實的，又尋了蕨菜和蘑菇，便帶著文遠下山了。

可是姐弟倆的好心情在看到自家的時候瞬間就沒了。柳文遠嚇得小臉都白了，縮在柳好好的身後，小聲問道：「姐姐，大伯父和大伯母來了，怎麼辦？」

柳好好眼眸一沈。她想了想，把東西塞到文遠的手中。「你在這裡別動。」

「姐姐！」

她擺擺手，拎著一隻兔子就往家裡趕。

「你們這些爛心腸的，不得好死啊！你弟弟才走了一年不到，就要逼我們孤兒寡母的活不下去！柳大郎，你就是個黑心腸的！」

大伯母王翠花尖銳的嗓子帶著幾分笑意。「看到沒？這王家人可是上門來要人了。」

「王翠花，妳還要不要臉！這十里鄉村的誰不知道王家那位少爺是個什麼人，吃喝嫖賭玩女人，死了三個老婆了，還都是十來歲的女娃娃，妳這是要逼好好死呢！」

「怎麼說話的?!」幾個男人站在那裡，其中一個穿著長衫的中年男人一臉的不耐煩。「柳李氏，咱們可是給了聘禮，要麼把銀子退給我們，要麼就把人交出來。怎麼著？拿了錢不想嫁，就算告到縣太爺那裡，也是沒理的。」

柳好好見狀，估計這人是王家的人。

她不動聲色的看了一眼愜意坐著的男人，有些胖，眼角下垂，眼神帶著得意卻透著一股陰鬱，一看便是心術不正的人，看來這個就是柳家大伯了。

「就是啊，哈哈哈！」

王翠花得意笑著，紅色的唇咧得特別大、特別滲人。

突然，她的笑聲戛然而止，像是被誰掐住了脖子似的，一雙眼睛盯著門口。眾人不明所以，紛紛扭頭看去，就見到一個小小瘦瘦、穿著補丁破布的小孩拎著一隻野兔站在那裡，眼神直勾勾的，帶著冷意，讓他們心頭一跳。

柳李氏見狀，趕緊說道：「好好，妳先回房。」

「等等，這就是你們家的姑娘？既然見到了，那就跟我們走吧。」那個中年人一臉理所應當的模樣，對於一個小女娃娃，還真沒有什麼害怕的。

柳好好陰沈沈地看他們一眼，突然轉身走進廚房，再出來的時候，手中卻是一把刀。

「妳幹什麼！」原本還得意的柳大郎夫妻見柳好好拿著刀出來，心頭咯噔一下。「好好，怎麼回事，見到長輩就這麼無理嗎？妳爹就是這麼教妳的?!」

喲，還擺起譜來了。柳好好眼皮子一翻，給了一個大白眼。

「好好啊，別這樣，放下刀。」柳李氏臉色蒼白，額頭上也出汗了。以女兒的性子，要是再死一次，她可怎麼辦？「娘不會讓這些人傷害妳的，咱們不嫁！」

「柳李氏，我弟弟已經不在，身為孩子大伯有權安排孩子的婚事，妳敢阻攔？」

「呸，你逼我女兒嫁給王家，想要搶我手中五畝田地，逼死我們孤兒寡母的，還好意思說照顧我們。人在做，天在看，你們會遭報應的！」

柳李氏的臉色氣得從紅到白，又從白到青，捂著胸口大口喘氣，眼淚簌簌地掉，卻無可奈何。

第二章

幾個人爭執的時候，就見到柳好好拿著刀，俐落地把野兔的腦袋給砍下來。

一隻活潑可愛的兔子就這麼蹬蹬腿，不動了，鮮紅的血噴湧出來，很快就在柳好好的腳邊暈染開來。

「我這個人脾氣不好。」

她淡漠地看著面前的一群人，刀對著野兔的後背狠狠地劃了一下，立刻露出裡面的肉，觸目驚心。

「誰敢碰我，我就弄死誰。」她又狠狠一刀，然後扯著野兔的皮毛。「反正我什麼都沒有，不怕。」

柳好好看著他們，慢慢地剝兔皮，別說王翠花了，就是幾個大男人看著這樣血腥的一幕也有些承受不來。

「妳、妳怎麼能這樣?!」

「沒辦法啊，沒有爹教，這不是大伯說的?」

柳好好並不在意，一雙大眼睛這麼直勾勾地盯著人，嚇人得很。再加上這血淋淋的一幕，王家的幾個人臉色慘白的，特別是為首的那個人臉色變得很難看，甩了甩衣袖就冷聲道：「我們走！」

他們給少爺娶個女娃娃是回家服侍的，可不是娶個瘋子，到時候少爺若是有個什麼閃失，他們也別想活了。

「王翠花，聘禮妳收了，妳得給我送個王家的媳婦來！」

「欸，管家，等等啊！好好平時不是這樣的！」

王翠花抬腳就要追，哪知道柳好好拿著刀啪一下又狠狠地把兔子砍成兩段，嚇得她不敢走了。

「那個好好，咱們有話好好說是不是……」

王翠花臉上的笑容都要僵硬了，看著小女娃那雙大而黑的眼睛怨毒地望著自己，心都要迸出來了，趕緊使眼色給丈夫，卻見男人竟然嚇得臉色慘白，癱軟在椅子上。

李美麗一見，衝上去抓著柳王氏就打起來。「我打死你們！打死你們！」

「你們……你們……你們都是瘋子！」柳大郎臉色慘白，上前拉扯。

柳李氏瘋狂踢打，柳大郎沒有躲開，被踹了好多下，因為腿腳不便，差點就摔倒在地。

「他爹，這婆娘瘋了！」說著王翠花拉著柳大郎就往外跑，一邊跑一邊喊：「不得了了，柳二郎家的閨女瘋了！要殺人了，柳李氏要殺人了！」

她拽著柳大郎拚命地往外跑，哪知道走到門口踩到小草，竟然腳下打滑，整個人栽倒在地上滾了兩圈，半天才爬起來。

生怕柳好好拿著刀追上來，王翠花和柳大郎哆哆嗦嗦地跑走了。

柳李氏這才回過神來，小心翼翼地舉著手。「好好，我是妳娘啊，妳別嚇娘啊……」

柳好好憋著的一口氣終於是散了，看著自己沾染血的雙手，一下子癱軟在地上，腳軟得起不來。

「娘……」她露出一抹苦笑。「我站不起來。」

「怎麼了這是，是不是哪裡不舒服？」

她搖搖頭，這麼血腥的事情也是第一次，在和平年代生活了二十幾年的她哪裡做過啊，別說兔子了，一隻雞也沒殺過啊！

可是人被逼到一定程度的時候，竟然什麼事都會做。

柳李氏不知道女兒心裡怎麼想，撲過去抱著她。

「娘，我沒事。」

「不怕，不怕啊！」大概還處於驚慌之中，柳李氏重複這句話，既有痛苦擔憂，也有自責和愧疚。

「娘，我真的沒事。」

突然，一道小身影撲了過來，抱著柳好好就哭。「姐姐，姐姐……怎麼這樣啊，他們是不是打妳了？不怕啊，等文遠長大了幫妳報仇。」

「娘，文遠，我真的沒事。」

柳好好平靜下來，感覺力氣漸漸恢復，才抱著兩個人低聲說道：「我真的沒事，你們別擔心，我就是嚇嚇他們。其實我也嚇到了，這是第一次這麼……」可是為了以後的安寧，她只能這麼做。「娘，這隻兔子是我抓的，本來打算中午吃的，我不會弄……」

柳李氏見她說話正常，又看了看她蒼白的臉色，抹了抹眼睛。「好好，以後別這樣了，嚇死娘了。」

「不會的。」只要那些人別再過來。

她幫柳李氏擦擦眼睛，然後指揮文遠。「去，把兔子拿來，我們中午吃兔肉。」

「有肉吃了！」

文遠年紀小，哭得快笑得快，聽到有肉吃，蹦起來拎著兔子就過來，樂呵呵地把兔子肉拿到柳李氏的面前。「娘，妳看，這是我和姐姐抓的，厲不厲害，我們有肉吃了！」

李美麗看了自家閨女一眼，見她經歷了一場災難之後，好像突然間長大了似的，心中一酸，眼淚差點又落下來。

「妳……真是長大了。」

柳好好笑了笑，把寬大的衣服裹緊。「娘，怕什麼啊，以後的日子一定會好起來的。」

李美麗擦擦眼睛，狠狠地點點頭。「對，會好的、會……」

哪知道話還沒有說完，眼睛一閉就這麼暈過去了。

「娘！」

剛把小背簍拿回來的文遠見到娘暈過去了，趕緊扔掉手中的東西，飛快跑過來。「娘，妳別嚇我啊，我不吃肉了，我把這些拿去鎮上賣，咱們換點錢，不吃肉了……」

柳好好也是愣住了，趕緊吩咐道：「文遠，你看著娘，我去去就來。」

小傢伙這幾天估計遇到的事情太多了，如今有些傻，他木訥地點點頭，抱著娘就在原地哭。

柳好好也來不及安慰了，往不遠處的那一家衝去。「大力叔、大力叔，救命啊！」

這時，柳大力從房裡走出來。正是中午的時候，大家都在做飯，他身上還有泥巴，估計剛剛從田裡回來。「怎麼了？」

「大力叔，我娘暈倒了，你幫幫我！」柳好好一時手足無措。「我娘她……」

「孩子他娘，妳跟好好去看看，我去找胡大夫。」

「來了。」

柳李氏是寡婦，平日裡，柳大力夫妻倆雖然照顧著，卻也不敢走得太近，不僅柳大郎那一家子人盯著，也怕傳出點風言風語什麼的，但現在也管不了這麼多了。

很快，柳大力帶著一個老頭子過來了。

「我娘怎麼樣了？」現在的條件這麼差，柳李氏會不會……

大夫捻著鬍子，嘆口氣道：「妳娘身體不好，身體虛弱，頑疾難去，再加上這段時間憂思過重才會一下子爆發，這病來勢洶洶，只怕……」

「怎麼樣？」

「不好治。」

「娘、娘，我不要！娘妳醒來……」柳文遠一聽，嚇得六神無主，大哭起來。看得柳好好的心也揪起來。「大夫您開藥方，我去抓藥。」

大夫看了一眼身上衣物都是補丁的小孩，再看看這個家，嘆口氣道：「孩子，這藥實在是……」

「沒事，我會有辦法的。」

柳好好拚命點頭，大夫嘆口氣，把藥方開了。「拿著吧，這上面的藥不是好藥，效果不是很好，但是妳娘的病也只能慢慢調養。」

柳好好點點頭，旁邊的柳大力見狀趕緊拿出幾枚銅錢遞過去。她想要拒絕，可是想到家裡的情況，又抿抿唇。「大力叔，我會還你的。」

柳大力見小小的孩子瘦成這樣，而唯一的大人卻躺在床上昏迷不醒，深深地嘆口氣。「妳好好照顧妳娘和弟弟，若是有什麼事再去找妳嬸子。」

她知道自己窮，這些藥不知道要花多少錢，只能先上山，看看能不能找到需要的。

她氣喘吁吁地跑到山上，摸著一棵很大很大的樹，滿臉哀求。「請你們幫幫忙，我想找這些草藥。」

可是整個山林沒有反應。

柳好好著急了。「我知道你們聽得懂，我也聽得懂你們說話！幫幫我，求求你們！」她抱著面前的大樹。「我現在真的很需要你們的幫忙……」

許是她的聲音帶著太多悲傷和懇求，這棵樹的枝葉動了起來。

「欸……」一聲蒼老的聲音傳到耳中。「小姑娘是遇到麻煩了？」

這一聲出來之後，原本安靜的山林瞬間就熱鬧起來了，旁邊一棵小樹抖著樹葉稚嫩的嗓音開口。「欸，真的聽懂我們說話嗎？」

「我想起來了，這個就是之前在山上抓兔子的小傢伙吧？」

「是啊，之前我就覺得不對勁，原來真的能聽懂啊。」

柳好好抱著這棵樹，對著周圍的植物懇求道：「你們幫幫我，幫幫我找一找這些草藥。我……實在是沒錢……」

「欸，我說這小傢伙哭成這樣，幫個忙吧。」

大樹抖了抖葉子，蒼老的嗓音透著睿智和慈祥。「孩子，妳需要什麼？」

柳好好立刻擦了擦眼睛，把需要的草藥念了出來，眾草木沈默片刻就叫起來。「我知道，妳要的那個銀翹在那邊，妳找阿花。」

「妳需要的茯苓在山裡面，我們不能帶妳去，不過我會告訴木木的！」

「那邊火龍草旁邊就是妳要的，趕緊去吧，不過妳得徵求人家的意見啊……」

這一片的植物太多，你一言我一語的，但她還是找到了自己需要的草藥。

看著草藥，柳好好抱著這棵大樹。「謝謝、謝謝你們，你們太可愛了。」說著還蹭了蹭這棵大樹。

時間不等人，她拿著草藥就回去，而身後早已經炸開了。

「啊啊，她說我們好可愛！」

「可惜不是抱著我說的。不開心，想要抱抱。」

「沒關係啊，反正她聽得懂咱們的話，等她下次來的時候，我們就要抱抱親親怎麼樣？」

「好主意！」

絲毫不知道已經被這些植物打主意的柳好好，捧著藥草就衝到廚房，她不知道怎麼熬藥，但是大夫的囑咐還是記得。

大力家媳婦見她在廚房裡熬藥，吃了一驚。

「嗯，我找到草藥了。」

「這孩子，妳可別騙我們，咱們村哪有買藥的地方？」

「嬸子，這些藥都是常用藥，我之前上山的時候見到過，所以就去山上挖了點……」柳好好也沒有心思解釋，編了一個很癟的謊言，好在大力家的並不是一個追根究柢的人。

「那就好，早點喝上藥早點好。」

柳好好這個身體畢竟只有十歲，之前跑上山找草藥，又緊繃著神經熬藥，看著褐色的藥汁被大力家的餵到柳李氏的嘴裡，突然覺得渾身力氣都沒有了，一屁股坐在地上。

大力家的幫忙餵進藥，見到文遠坐在炕上抱著柳李氏的胳膊，小臉慘白慘白的，而柳好好坐在地上，雙眼無神，不由得嘆口氣。

「大姐，妳要醒過來啊，這兩個孩子還要靠妳呢。」

許是這句話起作用了，柳李氏的眼珠子動了動，只是依然沒有醒。

「行，有放不下的就好。」大力家的看著柳好好，心疼道：「好好，別想了，妳娘放不下你們，會好的。」

「嗯，我知道。」她點頭，看著床上的人，想著既然是常年累積下來的虛弱，是不是應該弄點什麼補一補？

抓了兔子，採了野菜，還摸了幾個野雞蛋，卻到現在都沒有吃入嘴裡。她鬱悶地走到院子把這些拿起來，還把兔子的一半遞給大力家的。

「孩子，這不能要。」

「嬸子，別客氣。以後還有很多地方需要麻煩呢，嬸子要是不收，我以後再也不敢上門了。」

柳好好長得瘦，一雙眼睛紅通通的，看上去很可憐。大力家的知道要是再推拒的話，這孩子說不定會哭出來。

「嬸子，這兩個雞蛋拿回去給大虎小虎補補身子。」

「妳這孩子……」

「我和文遠兩個吃不了這麼多。」她笑了笑，只是這麼瘦小的模樣實在是讓人有些不忍。

看著大力家的拿著東西離開，柳好好擦擦臉，拎著東西走到廚房。然後……這種土灶要怎麼做才能把東西弄熟？調味料呢？還有怎麼點火，她不知道啊！

土灶是非常古老的灶台，底下需要有人塞柴火，另外一個人站在上面翻炒，若是動作迅速的話，一個人也能忙得過來，問題是柳好好完全沒有使用過這樣的灶台。

她費了九牛二虎之力，終於把火給點了，好不容易把油放進去，可是又找不到鹽了，好一陣手忙腳亂之後，終於把菜給炒熟了，又做了一個蛋花湯。

「文遠，快點吃。」

柳好好把菜端上去，看著文遠還在那裡流眼淚，走上去拍拍他的小腦袋。「小傢伙趕緊吃，不然等會兒娘醒了要生氣了。」

「娘她……」

「沒事的，只是累了，你讓娘好好地休息一下。」

「喔，好。」現在娘已經昏過去了，他當然是聽姐姐的話了。

他跑到桌邊，看著上面的菜，趕緊吃。

柳李氏醒過來的時候，看到兩個孩子正在收拾碗筷，頓時覺得心頭一酸，眼淚就要流下來了。

「好好，文遠……」

看到柳李氏醒過來，柳好好心頭也輕鬆許多，趕緊把蛋花湯端來。「娘，妳醒過來了，先喝點湯，沒事的。」

「好好，是娘沒有用……」

「娘，別說了，好好把身體養好就行了，妳不能不管我們。」

柳李氏眼圈一紅，看著兩個孩子，心疼得無以復加。

「娘，妳什麼事都不要幹，好好地休息。妳看我可以做飯，還可以收拾家裡，還會照顧文遠，妳不要太著急，好好養著。」

柳李氏眼淚不停落下來，拚命點頭。「好好，妳長大了，長大了……」

柳好好安撫了柳李氏，又把文遠哄睡，看了看外面天色，悄悄地揹著背簍就往山上走。

天色黑，好在還有一輪彎月，朦朦朧朧的。

第三章

「小娃娃，大晚上的怎麼又上山？」蒼老的聲音柔和問道，她一聽就知道是白天的那棵大樹，立刻跑過去抱住這大樹。「老樹伯伯，我又來了。」

「山上危險。」

「我知道，可是我也沒有辦法啊，我是想趁著天黑問問哪裡有好藥材，比如人參啊靈芝啊，冬蟲夏草什麼的。」

「這小娃娃倒是挺能耐的啊，上山找咱們要這些東西，要是給人參那小子知道了，看會不會把妳打死。」

「就是，靈芝也不是好脾氣。」

因為她的幾句話，眾草木瞬間醒了，嘰嘰喳喳吵得頭疼。柳好好趕緊舉起手。「等等，大家幫幫忙。」

「要不要幫忙啊？這小娃娃是唯一能聽懂我們說話的人呢，要不要幫忙啊？」

「小娃娃，人參長在深山，靈芝長在懸崖峭壁，妳這樣是找不到的。」

「這樣啊……」

還是古樹比較靠譜。「從這裡上山，然後走到那邊的瀑布，人參喜歡背陰潮濕、草木茂盛的地方，妳去那邊找一找。至於靈芝……那邊也許也有，畢竟也是喜歡潮濕的地方。」

「謝謝了，你真好。」

柳好好開心地抱著大樹，惹得一片草木大叫起來。

當早晨的陽光透進來的時候，柳李氏掙扎著要起床，就見好好端著一個破舊的大碗公，小心翼翼走進來，看到她醒過來的時候，綻出一個大大的笑容，小臉上都是煙灰，十分狼狽。

柳李氏眼睛一紅。

「娘，怎麼又哭了？這讓文遠看見可不好。」柳好好把做好的野菜雞蛋湯端過去。「娘，妳要好好的。」

「好，娘一定要好好的。」

柳李氏含淚笑了起來，只是眼底深處卻是擔憂。

這幾天都是好好在支撐著，家裡什麼情況，她難道還不知道嗎？這些藥就算再便宜，他們也拿不出錢來啊！

「好好，這些……」

「娘，沒事的，我會想辦法。」柳好好笑了笑。「就是妳得早點好起來啊，文遠這幾天吃我做的飯都要哭了，我也沒有辦法啊！」

柳李氏被逗笑了，伸出手摸摸她的腦袋。不管欠了多少錢，只要一家人好好的，一定會還上的。

「姐姐，妳要去哪？」文遠看著姐姐拿著背簍就要上山，抱著她的腿。「妳又要上山嗎？我也要去。」

「文遠，娘的身體不好，姐姐不在家你要好好照顧娘，不能讓人欺負了。」柳好好鄭重吩咐，拍拍文遠的肩膀。「大伯一家人要是來的話，啥都不要管，把他們關在門外，知道嗎？」

「嗯，知道了。」

柳好好其實還是很擔心，她想了想，又去敲了柳大力的家。

「怎麼了，妳這是要去哪了？」

柳大力身後站著兩個小男孩，大的估計十四、五歲了，小的也有十來歲，許是家裡條件不是很好，兩個小孩長得也是黑瘦黑瘦的，不過看上去很精明。他們伸著頭看著柳好好，咧開嘴笑了笑。

「大力叔，家裡沒吃的，我想上山看看能不能挖點野菜。」

「這孩子，山上多危險啊，如今開春了妳趕緊想辦法看看能不能弄點種子，家裡的幾畝地也要做起來……」

「我知道，大力叔，可是你也看到了我家……」

「沒吃的從我家——」

「大力叔，救急不救窮，咱們家這情況不是一天兩天的。再說大家都不是很富有，您這樣……您也別擔心，我運氣很好的。」柳好好笑了起來，臉上的小酒窩都露出來了。「大力叔，我來就是希望您和嬸子幫我照看照看一下我弟弟，我怕我大伯他們……」

「這樣啊，行！」柳大力點點頭。「放心，我再去和村長說道說道，不能家裡沒有個支柱還要被人欺負。」

「謝謝大力叔。」

柳好好偷偷背著柳李氏上了山，先和之前的古樹打了聲招呼便直接鑽到山林裡。

柳好好一邊走，一邊和周圍的草木打招呼。這些草木難得遇到一個會和他們溝通的人，自然表現出十二分的熱情和十二分的友好，甚至長著刺的荊棘都悄悄地躲開，儘量不傷害她。

柳好好站在山林中，耳邊是各種各樣的聲音，有稚嫩的、甜美的、滄桑的、低沈的、軟綿的、嬌氣的……各種各樣，卻讓人身心愉悅。

她把背簍往上掂了掂，小心翼翼往前走。瀑布……老樹說了，還要往裡面走。

中午，她從懷裡掏出一個硬邦邦的粗糧餅，艱難地吃下去，然後繼續埋頭往裡面走。

天色漸漸地暗了下來，她也有些害怕。

「你們知道哪裡有地方休息嗎？」

「到我懷裡來啊。」

一棵大樹晃了晃樹枝，柳好好看著它粗壯的枝幹，覺得這是個好主意。她從背簍裡面把繩子拿出來，拚命地甩上去。可惜她錯估了自己的本事，這小胳膊小腿的，根本沒辦法把繩子給扔上去。

「呵。」

就在這個時候，突然一個沙啞嗓音在身後響起，嚇得她猛地一跳，回頭見到一個穿著黑色勁裝的男孩站在那裡。

他長髮紮起，黑色短衫被腰帶緊緊地繫著，十幾歲的模樣，整個人看上去有些瘦，卻並不覺得柔弱，渾身上下散發著一股犀利之氣。

天色昏暗，看不清他臉上的表情，但依稀可以看出這個男孩五官英俊。

「真是愚蠢。」

收回剛才那句話。哼，一點都不可愛。

「你是誰？想要幹什麼？」

她可是看見這個男孩揹著弓箭，那鼓起的靴子裡面肯定還藏著匕首。

「不怕，這小子在山上待了好些天，一直在打獵，看這樣子應該要下山了。」旁邊的樹悄悄地說，那抖起來的樹葉沙沙響，像是被風吹的。

這樣一說，她緊張的情緒倒是緩和許多。

看了看自己攀不上去的大樹，她決定繼續往裡面走。

見她不搭理自己，男孩抿抿唇，一言不發地跟在她身後，不遠不近，也沒有繼續上前搭訕的想法。

走了一陣，見他還跟著，她有些不滿意了。

「你想幹什麼？」

男孩抿抿唇，沒有說話。

她只得往前走，好不容易找了一棵不算高的大樹準備爬上去，打算將就一晚，誰知道那傢伙又說話了。

「你這樣沒腦子，這麼矮的樹，是想被野獸給吞下去嗎？」

柳好好瞪了他一眼。

「那邊。」大概知道對方情緒不高，他指著不遠處的大樹。「好爬，安全。」

柳好好抬頭看了看，的確是一棵大樹，底下有根大樹枝。思考了一下自己的小身板，她決定嘗試嘗試。

正嘗試著往上爬，就見到那個男孩雙手抓著樹枝，就這麼輕鬆地一跳便竄了上去，速度快得像是豹子一樣。

柳好好看看自己的手，又看看樹上的人，深深地吸了一口氣，然後……

直接坐在樹下，從背簍裡面掏出一個野果子慢慢啃起來。

「怎麼不上來？」

似乎不大明白柳好好為什麼不上去，他從上面跳下來，落在她面前。

「吃這個？」

雖然男孩沒什麼神情變化，但是柳好好就是看見了嫌棄。她翻了一個大白眼。果然不是個討喜的小孩。

「吃肉。」

說著，他從腰上拽下一個小布袋來，掏出一塊黑漆漆的肉遞過去。

「不用了。」

然而對方並沒有給她拒絕的機會，直接塞到她懷裡。「我叫宮翎。」

「喔。」

男孩又皺眉。「你呢？」

柳好好白了他一眼。「幹麼告訴你？」

「這是禮貌。」

「柳文近。」

「文近？物相雜，故曰文。」宮翎點點頭。「好名字。」

柳好好笑了笑，拿起那塊肉，惡狠狠地咬了一口，發現那塊肉竟然咬不動。她默默把肉放在一邊，繼續啃著自己的野果子。
宮翎大概沒有想到她竟然這樣弱，看了一眼便坐在她身邊，默默地啃著肉塊。
「這邊還算安全，若是繼續往裡面走，很危險。」
柳好好看了他一眼，什麼都沒有說。
「我要下山。一起？」
「我還有事。」
宮翎看著她小胳膊小腿的，認真地說道：「你這樣進山是找死嗎？」
「齁齁齁，有人說好兒找死。」
「這小子會不會說話啊？真是找打呢，有咱們在還有什麼好怕的？」
「就是就是。」
柳好好心裡都笑得快要打滾了，可眼角餘光看了一眼旁邊的人。「死不了。」
宮翎不是一個喜歡多管閒事的人，只不過在這個大山裡面待了好幾天，突然發現一個小孩子，覺得好奇才會出現罷了，既然她不聽勸，那就算了。
於是他竄到樹上，然後瀟灑地掀了一下衣襬，靠在大樹枝上就睡著了。
柳好好無所謂地看了一眼，對身邊的小草輕輕地蹭了蹭。「我先睡了啊。」
「好的，我會看著的，放心，有一隻螞蟻經過我都會告訴妳的！」那脆脆的嗓音帶著稚嫩，乖乖保證著。

柳好好放心地閉上眼睛，睡了過去。

一夜好眠，她醒過來時下意識地看過去，發現宮翎已經不在了。

她拿起小背簍告別了這邊的草木，繼續往山上走。直到太陽再一次升上了正中的時候，終於聽到了水聲。

「是不是前面？」

「對、對，好好妳好棒！人參脾氣不好，可要小心啊。」

「我知道的。」

柳好好走過去，果然看見一道瀑布從上而下，遠遠看去就像一條白色的紗巾從碧藍天上飛了下來，濺起的水花折射陽光，形成了七彩顏色。巨大的水流聲響徹雲霄，夾雜著猴子叫聲，鳥兒鳴叫，猶如仙境。

「真漂亮……」

「是啊真漂亮，可是天天看也就這樣了，傻子。」

小小的聲音從腳底傳來。柳好好低頭看了看，就見到一株開著紫色小花的草隨風搖擺，語氣裡面都是嫌棄。不由得笑了起來，伸出手輕輕地點了點紫色的小花，然後就往背陰的地方走去。

人參不好找，她走了一路也沒有看見一點蹤跡。以前聽說人參是有靈性的，若是發現不對的話肯定會跑。雖然不知道真假，但是到現在這一片草木都安安靜靜的，也有些奇怪。

「欸，難不成我要空手而歸？」柳好好坐在地上，沮喪地看著周圍。「人參啊人參，我怎麼樣才能找到你呢？」

「哼！」

「誰在說話？」柳好好正在感慨，就聽到冷哼聲，可詫異地看看周圍，並沒有人。她低頭看著地面。「誰在說話？」

「妳就是那個聽得懂我們說話的人？」

柳好好疑惑地找了一圈，終於在一堆草當中看到一棵頂著紅色小豆子的植物。「你是……」

「哼，妳想找我竟然還不知道我是誰！」

傲嬌的聲音帶著不滿，不用說也知道這個小傢伙是誰了。

「你是人參啊……」柳好好驚喜道：「你這麼可愛啊？」

「什麼可愛，我這是深沈，深沈懂不懂！我一個活了幾百歲的老人家，妳竟然說我可愛！」

「好好好，老前輩，是我錯了。」

「這還差不多！」

顯然，這句「老前輩」讓人參開心起來。「找我幹麼？」

「我就是想弄點人參回去給我娘補一補，不需要太多，一點點就好了。不過你會不會很疼？」

人參沒有說話。

「要是不行的話……就算了。」柳好好其實也是想要碰一碰運氣。

「妳真蠢，妳以為所有的植物都會說話？」

「啊？」

「告訴妳，一百個裡面有兩、三個會說話就不錯了，妳能聽到這麼多是因為這裡種類數量多！會說話的都是有靈性的，笨死了！」

柳好好覺得自己長知識了。

「不過前輩我見妳還算心誠，給妳指一條明路。看到那邊了嗎？」

「那邊有幾個不會說話的，也就一百來年，妳去挖出來吧。」

柳好好覺得自己的腦袋被餡餅砸中了。「真……真的？」

「不要？」

「要要要！」

哪有不要的道理，就算不懂藥材，但一百來年的野山參也是很值錢的好不好！

果然，她看見了幾株藏在深草叢中的人參，立刻拿起小鐽子就要刨。

「你在幹什麼？」

就在她專心致志地挖著人參，忽然覺得面前出現一團陰影，嚇了一跳。抬頭就見到昨晚離開的宮翎站在面前，頓時覺得鬱卒得要死。

「關你什麼事……」

「人參？」

「幹什麼，這是我的！」

柳好好一下子撲過去，把人參藏在身後，一雙眼睛瞪得溜圓，滿是警戒和憤怒。

宮翎皺眉。就算他在家不受寵，但也不至於貪對方的一棵人參，真是短見。

「你挖吧。」

他抱著自己的弓箭站在那裡一動不動。柳好好懷疑地看著他，見他雖然身上破了好幾個地方，手上還有鮮血，但是渾身氣勢不減，倒是讓人覺得滿有正氣的。

第四章

柳好好花了很長時間終於把這株野山參給刨出來。一百來年的人參已經很大了，很漂亮。

她小心翼翼用布把人參包起來，放到背簍裡面，站起來看了看天色，又看了看站在旁邊的大男孩。

昨晚天色黑，只是覺得這個男孩長得挺不錯的，現在仔細一看，發現何止是不錯，劍眉挺鼻，輪廓陽剛，特別是那雙眼睛深邃而犀利，仔細看時，那眼珠子竟然有些偏綠。

宮翎微微蹙眉，冷著臉看著對面的丫頭。這樣直勾勾地盯著自己，肯定是發現自己和大慶人外表上的差別了……他眼眸微微一沈，情緒都收斂了，渾身像是被冰覆蓋似的。

「你……」

宮翎的手悄悄地攥緊了。

「長得挺俊的。」

柳好好笑了笑，豎起大拇指。「以後肯定是個非常英俊的人，特別是你的眼睛很漂亮，像寶石一樣。」

宮翎大概是沒聽過有人這麼說，雖然還是面無表情，眼神卻柔和下來。那雙偏綠色的眼睛真的如同陽光下的寶石，璀璨耀眼。

「啊，我不能和你說了，我要下山了。」

「你來就是挖人參的？」

「主要目的。」柳好好揹起背簍。「要是再找點吃的更好，家裡還有人呢。」

宮翎卻轉身就走。

柳好好愣了愣。怪人。不過她也沒有在意，對著那株會說話的人參擺擺手。「今天謝謝你了，我要回去了。」

「哼！」顯然人參不是很開心，不過語氣中還有些不捨。「人參有很多注意事項的，身體太好的、太差的都不能吃。」

「等等，太差的也不能吃？」

「虛不受補。」

柳好好沈默片刻。「我知道了。」

宮翎這時又忽然回來，手上還拎了些獵回的小動物，見她還沒走。「你這人參……」

「本來想給我娘補補身體，可是聽說虛不受補，所以我想賣了。你知道這個大概能賣多少錢嗎？」

「不知道。」

宮翎是真的不知道，人參很貴，但是貴到什麼程度？他不知道。但看著柳好好失望的眼神，他鬼使神差地說道：「我陪你去。」

「啊？謝謝，那我先回去一趟，不然家裡人會擔心的。」

下山的速度快了很多，但即使如此，她一進門就見到淚漣漣的母親。

「娘？」

哪知道剛打招呼，柳李氏的一個巴掌就甩了下來，頓時她臉上就浮現一個掌印。

柳好好被打矇了，看著柳李氏。

「妳這個孩子，怎麼就這麼不聽話呢？山上那麼危險，妳一個小ㄚ頭片子怎麼敢……妳要是出事了，我和文遠怎麼辦……難道要我和文遠一輩子後悔自責嗎……」

柳李氏一時憤怒打了她一巴掌，可畢竟是女兒，心裡又難受又心疼，抱著柳好好就大哭起來。

「娘，我沒事。」柳好好趕緊抱著她安慰，用實際行動說明自己沒事。

柳李氏其實也後悔了，這一巴掌實在是不應該。

「還疼不疼？」她輕輕地撫摸著女兒的臉。「對不起，娘太生氣了，一時衝動才打妳的。」

「文遠給姐姐吹吹，吹吹就不疼了。」

柳好好噗哧一聲笑了。「我沒事，這次是我的錯，但是我真的不會有事的，不然我也不敢一個人上山。」說著又小聲說道：「其實，我遇到了一個厲害的人呢。」

「什麼人？」柳李氏雖然膽子小，但人還是挺警惕的，自家的女兒雖然長得瘦巴巴的，可也是十歲的小姑娘了，若是遇到什麼歹徒……

「比我大幾歲的小夥子，可厲害了。」柳好好笑了起來。「還幫了我的忙。」說著，她神秘兮兮地把柳李氏和文遠拉出屋子。「娘，看我帶回來什麼了。」

一隻野雞、三隻野兔，都是宮翎下山時突然塞給她的。兩根竹筍是她自己刨出來的，還有那株人參。

「娘，妳看，這野味都是那個人打的，咱們給大力叔家送一隻，畢竟他們幫了咱們很多。至於這些，咱們自己吃。對了。這個我想拿去賣。」

好大一枝，看上去都已經成人形了，這麼好的人參說什麼也能賣個幾十兩銀子吧？

「好好，這……這是人參？」

「當然啦，娘，放心吧，我去把這個賣了，到時候就有錢買種子，有錢種地了。」柳好好笑咪咪道：「不過，娘可不能和其他人說。」

「不會，肯定不會。不過這人參妳是從哪裡弄來的，是不是也是別人幫忙？要是這樣的話，賣到的錢妳可不能一個人留下來啊。」

「娘，這個真的是我自己挖出來的，沒有人知道。」當然宮翎就算知道，以這個人的性格也不會看上的。

「真的？」

「當然。」柳好好興奮地說著。「我現在就去縣城把這個給賣了。妳和文遠在家，別胡思亂想的，若是有人問起來，妳就說我去鎮上賣兔子了。」她認真說道：「咱們家這種情況，要是有錢被人知道，肯定是保不住的。」

「我知道。文遠，你可不能在外面亂說啊。」

文遠伸出手緊緊把嘴巴捂住，那雙眼睛滴溜溜地轉著，特別乖巧。

柳好好伸出手揉了揉他的腦袋，然後把背簍拎起來揹好，兔子跟人參也放進去，就往縣城的方向趕去。

柳李氏其實不想讓她去，但是她知道自己阻止不了，只能默默地看著瘦小的女兒揹著幾乎一人高的背簍，漸漸地消失在鄉間的小路上。

柳李氏擦了擦眼角，第一次這麼恨自己如此無能。

這該死的古代！根本就是土著的生活啊，這樣走要到什麼時候才能到縣城？還有，縣城究竟在哪，這個方向對不對，還有為什麼沒有人？

柳好好欲哭無淚，不知道要不要繼續走下去。上天啊，保佑我趕緊來一輛車吧！

也許上蒼真的聽到了她的呼喚，剛念叨完就聽到了身後傳來一陣噠噠聲，扭頭就見一個人趕著一輛牛車慢慢地過來，似乎是村子裡的人。

「咦，這不是二郎家的好好嗎？這是要去哪呢？聽說前段時間病了一場，怎麼，不認識妳大牛叔了？」

「大牛叔！」柳好好有些不好意思，晃了晃兔子。「我……我想把這個賣了，換點錢。」

「賣？」那個人看了一眼，抬頭看看天色。「這可是去縣城的路啊，妳這樣的話，估計要半夜才到。我剛好有點事去下水村，那邊離縣城不遠，我帶妳過去吧。」

大牛叔是個肯說話的人，他一邊走一邊和好好說話，聽到這娃子上一趟山就抓了這幾隻野兔，有些唏噓。

「妳好好地和妳娘、文遠過日子，這日子會越過越好的。」

「嗯，我知道。」只要賣了手中的人參，肯定會賺錢的。

大牛叔把好好送到城門口。「行了，我只能把妳送到這裡，我還得去下水村呢。妳一個小丫頭片子當心點啊！」

「沒事，誰知道我是小丫頭啊。」

大牛看著穿得破破爛爛的柳好好，見她把頭髮紮起來，那黑瘦的模樣還真的看不出小女孩的樣子，點點頭。「行，那妳小心點。」

「我會的。」

柳好好把竹簍揹起來就往縣城裡走去。她沒有見過真正的古代縣城，直到站在面前才發現電視裡演得遠遠不及，古樸、敦厚的韻味讓她終於有種身在其中的感覺。

過了城門，便看見一條大路通向前方，順著路走去又分了好幾個岔路。她好不容易找到賣東西的地方，發現這裡真的是五花八門。

只是，她有些茫然，不知道這兔子到底要賣給誰。站在這裡半天，傻乎乎看著人來來往往的，可是她連說話的勇氣都沒有。不行，她可不能就這麼回去，兔子都賣不掉，人參找誰買去？

「欸……咳咳……賣兔子，剛打的兔子，有沒有人要啊?!」

「等等，兔子？」

這時，一個聲音就傳過來了，帶著幾分笑意，只見兩個人走了過來。

為首的是一個二十多歲的男人，穿著青衫，顯得玉樹臨風。而他身邊則是一個十六、七歲的少年。穿著銀白色繡著祥雲花色的錦衣，腰封更是精緻，走起路來帶著一股貴氣。

柳好好知道這樣的人絕對是有錢人。

「你們想要嗎？」她把兔子給拎起來。「我從山上打的。你看，很肥的。」

她乾瘦乾瘦的，人又矮，就是那雙眼睛很大，睫毛長而密，期待地看著他們，倒是有種小動物般的乖巧。

那個少年看著她，笑了笑。「說好了要吃野味的，看來今天運氣不錯。」

「行。既然你想吃，就買下來吧。」

「多少錢？」青衫男子微微一笑，拿出錢袋。

「都要嗎？都要的話，我可以便宜點。」

柳好好有些激動，來到這裡這麼多天，終於賺到錢了。

「喔？」身後的少年似乎被她逗笑了。「這已經是死兔子，而且從早上到現在，也不新鮮了，本該便宜點吧。」

柳好好一愣，看著這個少年，五官不像宮翎那樣，但也是英氣逼人，那雙黑色的眼中帶著幾分戲謔，微微勾起的唇角帶上幾分儒雅的痞氣。

「話不能這麼說。」柳好好現在可是必須要賺錢的人，管你是不是長得好看，都是要給錢的。

「喔，該怎麼說？」少年漫不經心地摸著手中的一枚玉扳指，瞇起眼睛，帶著一股桀驁不馴。

「我大清早的從山上打了幾隻兔子，然後花了那麼長的時間揹過來，我這麼小這麼矮，不容易啊！更何況從早上到現在都還沒有吃飯呢，這人工也算是成本啊！」

「人工？」

「對啊，我的力氣、我花的時間，都是成本。」

「我怎麼覺得你在裝可憐呢？」少年輕笑一聲，帶上了幾分戲謔。「這就是你說的理由？」

柳好好臉一紅。「就算裝可憐，只要能夠打動客戶，也是一個理由。賣東西主要就是讓買家心動，然後把東西賣出去，這便是值得的。再說了，我又沒有說錯。」

這時就聽到柳好好的肚子咕嚕嚕地叫起來。

瞬間，她的臉紅了，原本有些發黃的臉因為紅暈倒是多了幾分靈動。這讓對面的兩個人愣了下，畢竟他們也只是逗一逗這個孩子，可沒有真的要為難人。

「咳咳，好了，你說得不錯。」許是覺得自己這樣的行為有些不好意思，少年讓旁邊的人把錢遞過去。「多少？」

「一隻兔子二十文，三隻六十文，我說了要便宜點，那就五十五文吧。」柳好好默默換算了一下，覺得應該差不多。

「六十文。」少年笑了。「這五文錢就當做你的……咳咳……人工費。」

說著，還意味深長地看著她的腹部。

柳好好覺得自己今天真的是丟人丟大了，紅著臉把六十文錢裝起來，笑了笑，轉身就走。

「這小子倒是挺有趣的。」青衫男子輕笑一聲。

柳好好覺得今天真的不錯，好歹賣了六十文。

包子一文錢一個，拳頭大，她買了一個就吃飽了。果然還是古代的東西比較實惠，她決定回去帶幾個包子給文遠和娘好好嘗一嘗。

她要賣人參，自然去藥鋪比較好。於是轉了好幾個彎，終於找到了一家藥鋪。

藥鋪這時人不多，兩個學徒在櫃檯前忙碌著，白鬍子掌櫃在一邊指點，偶爾拿著尺子狠狠地敲一下櫃檯，發出啪的一聲，嚇得柳好好一驚。

「那個，掌櫃……」柳好好走過去，因為個子矮，只能踮著腳。「我想賣藥。」

「賣藥？」老掌櫃摸著鬍子看過來，只見到一個乾瘦的小孩在櫃檯前。「賣什麼藥啊？」

這個掌櫃個子不高，胖乎乎的，看上去挺和藹的，只是那雙眼睛在看人的時候，卻讓人覺得有種不安心的感覺。

「什麼藥？」

「人參。」

「喔，拿出來看看。人參這種東西年分越大價錢越高，而且要完整。」老掌櫃摸著鬍子，不在意地說道。

柳好好趕緊小心地把人參拿出來。

破破爛爛的一塊灰布放在櫃檯上，讓掌櫃和兩個學徒都露出了果然如此的表情。只是打開之後，老掌櫃眼神一下子就亮了。竟然有一百年以上，還這麼完整！

不過，他看了一眼柳好好，摸摸鬍子裝作高深的模樣。「這人參也不過三、五十年，看你拿過來不容易，這樣吧，二十兩銀子怎麼樣？」

第五章

柳好好看著他，不出聲。

想到當初那人參告訴她，這可是有一百多年的人參，被老掌櫃一說就縮減了三分之二，不用想也知道怎麼回事。她可不覺得一個能開藥鋪的人會不認識百年以上的人參。

「這樣啊，那我再去其他家看看吧。」

「小子，我知道你也不容易，這樣吧，我心善，三十兩銀子。這個鳳城縣除了咱們名醫堂之外，還真的沒有人能夠收下這個人參。」

「就算沒有人收得下，我可以不賣，自己吃。」

「人參可不能隨便吃的。」老掌櫃笑了笑，憨厚的外表卻帶著商人的奸猾。「三十兩銀子，已經很不錯了。」

柳好好內心著急，想著這個人參有一百多年，怎麼可能才三十兩？

「你這是在搶我的人參！我去報官！」

「哈哈，小子，你真逗，誰會相信你一個小娃娃手中竟然會有這麼好的人參呢？我給你三十兩不過是看在你是個小孩子罷了，不想占你便宜。」

搶別人的東西還好意思說，不占便宜，這老不休真的不要臉了！柳好好抱著自己的人參，抿著唇，倔強地站在那裡。

她知道，這人在坑自己，卻不一定敢真的搶。

就在他們對峙時候，砰的一下，大門被人踢開了。老掌櫃一愣，頓時發火了。「誰啊，竟然敢踢名醫堂的大門，砸招牌是不是?!」

柳好好心中一喜，要是可以離開的話就好了。

扭頭卻見來人竟然是宮翎。「怎麼是你？」

宮翎見到柳好好，面癱臉上竟然浮現一絲嫌棄。「真沒用。」

「你！」柳好好覺得自己真的是一口氣被堵在胸口，沒被這奸商給氣死，倒是被他氣死了。

其實這個掌櫃的說得不錯，在這個鳳城縣內能買得起一百多年的人參還真沒幾個，名醫堂是能輕而易舉買下來。

「我要賣藥。」

「這、這位小哥，您要賣什麼藥？」

「這個，一百多年，多少錢？」

掌櫃的臉色都變了，做生意的人首先要練就一雙火眼金睛，雖然這少年年輕，但是渾身氣度加上身上衣服的料子和手中的劍，絕對是個不能惹的對象。

「您……您看多少錢？」

「五百兩。」宮翎開價毫不猶豫。

「這……」掌櫃的一臉憋屈，小心翼翼道：「小哥，實不相瞞，這真的給不了這麼多。」

啪！宮翎把手中的劍拍在櫃檯上，整個人冷冰冰的，渾身都是煞氣。

「好好好，五百兩就五百兩！」

「這……沒事吧？」

柳好好之前還在擔心對方打劫，現在倒好，角色換過來了。

宮翎看著她，挑眉。「你覺得呢？」

她怎麼知道，要是知道了還會問嗎？

柳好好白了一眼，宮翎倒是沒有在意。「五百兩他還有得賺。」

「不會吧？」柳好好簡直目瞪口呆。「之前他只給我三十兩！」

宮翎大概是沒見過拿著五百兩就笑成這樣的。「看你好欺負。」

呵呵，是啊，拿著這麼大把劍放在人面前，敢壓價嗎？

柳好好可不管他在想什麼，懷裡揣著五百兩銀子總覺得走路都有些不真實，感覺在飄，又害怕被人發現，東張西望的，總覺得每個人都在打自己的主意，每個人都像是小偷。

「你在幹什麼？」

「你說，這些人知不知道我有這麼多……咳咳，他們要是想偷我的怎麼辦？」

宮翎面無表情地看著她，許久才緩緩道：「你若正常點，別人不會在意你的。」

說得有道理。

「我想買點東西帶回去，可是……」柳好好張開雙臂。「我太瘦小了，沒辦法。你呢？回不回去？一起啊。」

「幫你拿東西？」

「幫個忙唄，咱們不是朋友？」

「朋友？」

「對啊，好朋友！」柳好好豎起大拇指，笑得歡快。

宮翎內心微微一動。「好。」然後轉身就走了。

等等，說好的友誼呢，說好的朋友呢，你這樣轉身就走？

就是個臭小子！脾氣還那麼古怪。

柳好好站在原地不停吐槽的時候，就見到宮翎回來，身邊還跟著一輛牛車。

她眨眨眼。「你這是……」

「租的。」

「多少錢？」

「五文錢送到家。」

「誰付錢？」

宮翎就這麼看著她，意思不言而喻。

「我讓你幫我拿點東西回去，沒讓你租輛車啊！五文錢、五文錢我可以買五個大包子了，你這個……」敗家子！

柳好好張張嘴，最終氣餒地低下頭。

家裡缺很多東西，於是……油鹽醬醋花了十文，小米和高粱米加起來二十斤，花了二十多文。她其實還想買其他的，但是想著賣幾隻兔子卻帶回去那麼多，肯定招來懷疑。柳好好只能忍痛割愛，懷揣著鉅款趕緊回去。

「那我走了啊！」

宮翎點頭，然後從懷裡掏出五文錢遞給車夫，又從懷裡掏出油紙包著的東西遞過去。

柳好好打開一看，裡面竟然是四塊點心。她之前也看到了，這可是那家點心鋪子裡面最貴的糕點了，一兩銀子四塊！

一兩銀子，搶錢呢，還有這個敗家子知不知道一兩銀子能讓她買多少東西，她心心念念的大米和白麵，還有豬肉！

「路上吃。」

宮翎看著眼中放光的小子，那眼裡都是感動，心情還是不錯的，伸出手揉了揉她的腦袋。果然好朋友就是不一樣，這親密感讓他有些無措，卻又帶著吸引力。

「幹麼呢，不知道別人的頭不能隨便摸啊！」柳好好嫌棄地拍開他的手。「走了走了。」

車夫甩起小鞭子，老牛就慢慢往前走。柳好好捧著點心，回頭看著站在那裡的宮翎。那人雖然只有十幾歲，身形卻已經快長到一百八了，黑色勁裝勾勒著少年頎長有些偏瘦的身材，左手拿著一把不起眼的劍……

恍惚間，她覺得這個少年將會是一個出色的人物。

她收回視線，看著手中的點心，抿唇笑了笑。嘴硬心軟的傢伙。

點心吃著果然是很好吃啊，對於一個吃了好幾天野菜的人來說，這簡直就是人間美味了。

她坐在牛車上，和車夫有一搭沒一搭地說話，也不覺得漫長，不過到家的時候天色已黑了。這樣也好，起碼沒有人看見她買了這麼多東西。

「娘、文遠，我回來了。」

「姐姐！」

「怎麼了？」衝出來的文遠抱著自己，渾身顫抖，柳好好突然覺得不好，趕緊問道：「是不是發生什麼事了？」

「姐，娘在村長家，到現在都沒有回來。」

「為什麼？」

「今天大伯母來，讓咱們家把地給他們，不然就要告我們。」

柳好好一愣，連東西都忘記搬就要去村長家。

「欸，小娃娃，東西我放進屋裡了啊。」

柳好好點點頭。「大叔謝謝，我現在還有點事，就不留你了。」說著從懷裡掏出兩個包子遞過去。「大叔，這麼晚了，你留著當晚飯。」

「小娃娃，這不需要了。」

然而柳好好可沒有時間和他在這裡客套，拉著文遠就往村長家去。

還沒有到門口，就覺得那邊熙熙攘攘的，有哭聲、有說話聲，還有呵斥的聲音。

「娘！」

柳好好帶著文遠擠開人群，就見到柳李氏跪在村長家門口，眼圈紅紅的，幾個德高望重的老人也被請來了。大房家的兩口子臉色不善地站在那裡，目光惡狠狠的，像是要把人給瞪死似的。

「好好！文遠！」柳李氏抱著兩個孩子就大聲哭起來。「村長，我可是你們柳家村的媳婦啊，大郎和二郎可是親兄弟。這二郎才死不到一年，大哥就要逼死我們娘幾個……難道柳家村就是這樣對待孤兒寡母的嗎？」

「柳李氏，妳在瞎說什麼呢！誰能證明，誰看見了?!」

「柳大郎，你們家一個瘸子、一個懶人，還有兩個孩子，可是吃的穿的用的卻是咱們村子裡數一數二的，這銀子從哪裡來的，還不是二郎當先生掙來的？你們既然想要逼死咱們孤兒寡母的，我就和你們死磕到底！」

「夠了！」坐在上首的一個老人臉色陰沈沈的，手中拿著旱煙袋，看著跪在地上的柳李氏，很是不高興。「怎麼著，這大半夜的跑到村長家裡來，又哭又鬧的，這是想幹什麼，威脅是不是？」

「三太公，不是我想吵，但凡能活得下去，我也不敢上門。你們想想這些年，我李美麗有做過什麼出格的事嗎？」她拚命磕頭。「三太公、五叔公、村長，各位……我李美麗死了沒關係，但是這兩個孩子姓柳啊！」

這個時代，大部分的村子都是一個姓氏，所以算來算去大家都是親戚。

村長柳長安不想管這事，畢竟家家有本難念的經，但是在聽到這句話的時候還是有些不忍。

「怎麼回事，就是一頭牛嗎？」

「村長，這字據可是在這裡呢，您可不能偏袒。」

大郎家的趕緊從懷裡掏出一張紙來，湊上去。「您看看，我可沒有說謊，這本來就是欠咱們的。」

村長看了看，點點頭。「行，一頭牛，既然找我做公正，那這樣吧，這張字據就放在我這裡。春耕前只要你們把牛送給大郎，所有的就一筆勾銷。大郎，你也是個男人，做個表態。」

柳大郎其實不想表態，但是村長的身分可不一般，再加上幾個族中長輩都在這裡，還是點點頭。「嗯，只要拿出來，以後我們絕對不會去妳家要債了。」

「好，那就一言為定，咱們幾個老傢伙也在這裡給妳做主了。」三太公掀起眼皮。「二郎家的，妳也別訴苦，這字據在這裡就該做到……二郎不在了，妳就得給。」想了想嘆口氣，從懷裡掏出三枚銅錢。「太公手裡也沒有什麼銀子，這幾枚銅錢妳先拿著，給文遠和好好弄點吃的。」

「謝謝三太公。」

柳李氏其實知道，這頭牛肯定是要給的，但她來鬧就是要把所有事弄得大家都知曉。雖然之前村裡人也不是不知道，但是藏在心裡和放在面上是完全不一樣的。

如今太公和村長表了態，只要她掏錢買一頭牛，到時候大郎家的就沒有任何理由再來要東西了。

眾人見狀，有幾個平日和二郎交好的也掏了幾枚銅錢給她，可憐可憐這被大伯逼得走投無路的女人。

「娘……」一直沒有機會說話的柳好好睜著眼睛看著她。「一頭牛多少錢啊？」

「大概十二兩。」

十二兩，這個柳家村沒有一家人能在一年的時間內賺到十二兩，就算把家家戶戶加起來只怕也沒有這麼多。可是村長說春耕前……

「娘，我今天賣兔子賺了六十文。」幸好那百兩銀票她換了點散碎的銀子和銅錢，她從懷裡掏出來遞過去。「不過我買東西給花了點。以後我每天上山，每天去抓野兔摘野菜去賣，咱們一定會還清的！」

「好好，我的好好，妳讓娘怎麼辦……」

柳李氏哭了，柳文遠在一邊抱著他們也哭了出來。

柳大郎看著覺得厭惡，站起來甩著衣袖。「行了，村長既然說是春耕，那就春耕。我腿不好，就指望這頭牛了！別說我沒有給村長面子，今兒大家可都看見了。」

等到他們離開，其他人也三三兩兩地離開了。村長家變得安靜下來，柳李氏還抱著兩個孩子跪在地上，也不知道是不是時間長了，有些麻木。

「起來吧，妳這是……」

村長也四十多歲了，見慣了事情，原本也沒有把這件事放在心上，哪知道一向安靜賢慧的柳李氏竟然會跪在他家門口，逼他出面。

「村長，我知道我錯了，但是我也沒有辦法，但凡能活下去，我也不會這樣做。」柳李氏擦了擦眼睛。「好好這麼小就上山抓兔子去賣，我這個做娘的看在眼中疼在心上，可是我能怎麼辦？我唯一能做的就是保住那五畝地，看看能不能種點東西，給兩個孩子弄點吃的。」

「好了，好了，妳先回去吧。幾位長輩年紀大了，禁不起這麼折騰。」

達到目的，柳李氏自然也不會咄咄逼人，今天是看在二郎的面子上，村長和長輩們才會開口，不然以她一個外姓媳婦，這些人怎麼可能幫她？

柳李氏拉著兩個孩子，一瘸一拐地往家走。

回到家，好好就抱著柳李氏，心中說不欣喜是不可能的。她原本以為依這個女人優柔寡斷懦弱的性子，只會委曲求全，卻沒有想到今天會主動出擊。

「好好，這是怎麼回事？」怎麼家裡這麼多東西？

「娘，這是我賣錢之後買的。」柳好好笑了笑，然後把門窗給關好，拉著柳李氏和文遠就躲到了裡面的炕上。

「娘，我把人參賣了。」

「有多少？」

她伸出兩根手指。

「二十兩？」

「二百兩！」

她不是不相信柳李氏的人品，而是太多的錢放在她手中，以她的性子肯定會忐忑不安的，到時候引起別人的注意就不好了。

「這……這麼多……」

柳好好見她眼睛都直了，滿臉寫著不可思議，趕緊道：「我那人參年分長，自然就值錢了。娘可不能對其他人說。」

「我……我知道。」

文遠也在旁邊狠狠點頭。「我也知道！」

柳好好伸出手摸摸文遠的腦袋。「乖。」

得到柳文遠崇拜的眼光，她扭頭看著柳李氏。「這錢我分成三份。這一百五十兩，咱們藏起來。這裡有三十兩的散碎銀子，咱們不是要給柳大郎家一頭牛嗎？正好。至於這裡的二十兩我全部換成了銅錢，用作咱們零花。」

「不行，不行，太多了。」

柳李氏很多的顧忌，他們實在是太窮了，別說什麼三十兩，就是有個十兩銀子都讓人吃驚。

第六章

「娘，您放心，到時候我自然會讓人不注意咱們家的。」柳好好笑著說道：「現在不管怎麼說，先把錢收起來。」

柳李氏看著面前一大堆的錢，想了想。「好好，娘什麼都不懂，這些錢放在娘身上也沒有什麼用。妳拿著……看看有沒有什麼辦法用這些錢做點什麼？」

柳好好沒有想到她竟然這麼大膽，把這麼多的錢給她一個小孩子。

「好好也不小了，十歲了呢，這些日子妳把家裡照顧得井井有條，娘都看在心裡，怎麼會不放心呢？」

柳好好想了想。「行，既然娘這麼說，我就拿著。」

「我、我呢？」

文遠坐在一邊有些著急了，姐姐有那麼多的錢，為什麼他沒有？

柳李氏瞪了一眼。「你什麼你，才多大，要什麼錢！男孩子不要錢，錢都是給媳婦保管的，一邊去！」

簡直就是差別對待啊，柳文遠噘著嘴巴，一臉羨慕地看著。

柳好好笑了笑，摸摸他的腦袋。「給你。」懷裡的點心還有三塊，一兩銀子買來的，她可捨不得全部吃掉。

「這是什麼，這麼香？啊，點心！」

潔白無瑕的點心上點綴著紅色花瓣，淡淡的桂花香飄來帶著點心獨有的甜蜜味道，就算不吃，也知道這是多麼好吃的東西。

「給我的？」

「嗯，嘗嘗。娘一塊，你兩塊。」

「那姐姐呢？」

「姐姐也吃了，姐姐不大愛甜食，你先吃著。」柳好好心疼地摸著弟弟的腦袋，因為營養不良，頭髮都乾枯發黃，讓她很心疼。

「姐姐，妳真傻，這麼好吃的東西怎麼不喜歡吃呢？」

柳文遠天真地以為她真的不喜歡吃。只有柳好好自己知道，她是多麼嗜甜。

大概是點心太香了，抑或者身上的債務沒有了，也許是懷裡揣著錢，母子三人這一晚睡得特別香甜，乃至於第二天全部都起晚了。

「二郎家的、二郎家的！」

外面是柳大力媳婦的聲音，柳好好趕緊從床上爬起來，見房間裡的東西都收起來了，才敢去開門。

「嬸子？」

「欸，怎麼了，都沒起來？妳娘呢？沒什麼問題吧？」

昨晚的事情她可是聽說了，她一個婦道人家就沒有去湊這個熱鬧了，但是擔心還是有的。今早一看，發現他們家的大門一直沒有開，嚇得還以為出了什麼事。

「沒事，就是昨晚有點累。」

大力家的點點頭，唏噓說道：「我說真的沒有看出來，妳娘平時不聲不響的，逼急了還真的跑到村長家哭訴。這大郎一家真不是東西。」又像是想到了什麼。「我說，你們趕緊把那頭牛弄給他們，不然這家人絕對不會消停的。還有啊，他家的兩個小子也不是東西，你們得小心點。」

柳好好很感激，點點頭表示自己知道了。

大概真的因為柳李氏的爆發，讓村子裡面的人知道老好人一旦生氣起來也是不得了的，所以最近這段日子還真的沒有人來打擾，以前交好的幾家，也讓自家媳婦悄悄地送點吃的來幫一把。

「娘，我再去上山一次，看看能不能找點東西去賣，順便買點種子回來。」

「妳自己上山沒問題？」

「沒有，我和人家約好了，那人可厲害了，會武功，在山上等我呢！」

宮翎啊，沒辦法借你的名用一用，他日再見到你，一定會報答的。

「這……」雖然不放心，但是柳李氏也沒有阻攔。

這段時間她是看明白了，好好這丫頭心裡是有辦法的。做娘的很多不懂，那就不要扯後腿。

柳好好揹著竹簍再次上山，正好看到幾個漢子帶著工具也準備上山，自覺地打了聲招呼。

「好好啊，這山上實在是太危險了，別往裡面走啊！」村裡還是好人多的。

「我知道的，長根叔，放心吧。」

看著好好上山，幾個漢子也搖搖頭。「這孩子，膽子大。」

「不也是被逼的？大郎那兩口子把他們逼成這樣，也不知道怎麼想的……」

「怎麼想的？還不是因為當年的事情嫉妒著，就是見不得二郎家好。現在人已經死了，這不把怨恨就放到那娘三個身上了？」

「作孽啊……」

柳好好可不知道身後的人在議論什麼，一路上和草木打招呼，然後去尋找藏起來的野雞蛋，準備撿一些回去吃。

「前面……對對對，那堆草裡面有好多個。」

尖細嗓音叫嚷著，柳好好笑咪咪地感謝之後就彎著腰去找，哪知道一隻色彩斑斕的野雞突然飛出來，嚇得她一屁股坐在地上。

「哈哈哈哈，屁股摔疼了吧！」

旁邊一棵杜鵑笑得花枝亂顫的，讓柳好好是哭笑不得。

她爬起來準備去拿野雞蛋，哪知道剛才跳出來的野雞竟然跑回來了，對著她就是啄下來。

「欸欸……怎麼了，別、別啄我……」柳好好這個小身板根本抵不住野雞的攻擊，抱頭鼠竄，恨不得躲到草叢裡面。

「哈哈哈哈。」

「嘻嘻嘻……」

各種笑聲此起彼伏，大概是看得實在是歡樂，這些花花草草什麼的，一點同情心都沒有啊。

「你們的同情心呢！」

柳好好大吼一聲，就見野雞倒地斷氣，周圍嬉鬧的聲音全部消失。等她一看，好多天沒見的宮翎竟然出現在眼前。

「蠢。」

柳好好還準備感謝一下的，結果這個字一出來，她覺得自己完全沒有必要搭理。

轉身拎著竹簍在草叢裡扒拉了半天，終於把野雞蛋給拿出來。一數，還真的不少。

「怎麼每次見到你都是這麼狼狽？」

「要你管。」

她把野雞蛋放在背簍裡面，看了一眼地上的野雞，真想撿起來回家吃。

大概是她的眼神太直白了，宮翎把地上的野雞撿起來。「給你。」

「這怎麼好意思？」

「你能捉到？沒本事就別上山，一隻雞都能把你追得這麼狼狽。」

宮翎說話真的是一點都不客氣，但是柳好好真的沒有骨氣，畢竟一隻雞，一般情況下是連碰都碰不到的。

「謝謝。」

宮翎意外地看了一眼，見她真的沒有反駁，便把野雞扔到竹簍裡面。

「最近山上不安全，別來了。」

柳好好怎麼可能不明白呢，這些天，山上的草木已經跟她說了，裡面有猛獸最近似乎往這邊過來。她好不容易撿回一條小命，可不想就這樣沒了。

「我知道。」柳好好笑了笑。「我其實也不是非要上山，要不你幫我個忙，聽說這山上有鹿群，你幫我抓一隻好不好？放心，賣到的錢都給你，我就是拽著鹿在村裡晃蕩一下。」

這樣以後有錢就沒有人說閒話了。

宮翎看著她一臉算計，沈默片刻，點點頭。「好。」

「欸，你等等啊，我先把這些送回去，等我。」

宮翎看著她跑走，眼神軟了下來，看著這蔥郁的山林，把身後的弓箭往上面提了提，手中的長劍也握緊了。

柳好好回來的時候，他似有所感地抬起頭，看過來的瞬間，那雙帶著墨綠色的眼幽深陰暗，像是猛獸，讓她的心一顫。

但這感覺很快就消失了，只見宮翎那雙眼睛平靜無波，好像之前那瞬間是錯覺似的。

「走吧。」

宮翎放下手，轉身就往密林裡走去。

「等等我。」

柳好好趕緊跟上，從懷裡掏出一張大餅，硬邦邦的，宮翎卻接過來毫不介意地吃起來。

原本還以為憑藉自己聽到植物的聲音，能夠得意一下，告訴宮翎鹿群的方向，哪知道宮翎竟然準確無誤地往鹿群的方向走去。

「你之前打探過？」

「不是，地上有痕跡。」

柳好好低頭，似乎想要從地上看出什麼痕跡來，可是除了他們的腳印之外還真的看不出，不由得多了幾分讚嘆。以前就聽說那些野外生存專家啊、特種部隊啊在這樣的環境中可以找到很多痕跡，順利生存，就覺得很厲害，如今面前站著一個活生生的，能不佩服嗎？

「厲害。」她由衷地表示敬佩，也不在意他冷漠的模樣，笑咪咪地跟在後面，七拐八繞地在裡面鑽來鑽去。一會兒的功夫，她就暈頭轉向了，這樹林實在是太密了，根本不見光，腳底下是厚厚的樹葉，下面藏著各種各樣腐爛的東西，味道並不好聞。

要是一個人走，她覺得即使有這些植物陪伴，自己也不敢。

「要走到什麼時候啊？」

「安靜。」

潺潺的流水聲隱隱約約傳來，兩個人安靜地聽了一會兒，宮翎帶著她往前面。

「有水的地方自然有動物。別急，先看看。」

柳好好很激動。說起來她的能力也就是和植物打交道，這種打獵場面還真的沒有見過，想想都覺得刺激。

兩個人走到水邊，竟然一隻動物都沒有。

「這……」

「不急。」

宮翎真的一點都不急，在附近找了些枯樹枝。「今天天色已經晚了，先休息休息吧。」

「那也只能這樣了。」

時間一去就是兩天，在水邊駐紮了這麼長時間的柳好好都有些不耐煩了。

「我說啊，到底鹿群會不會來啊？」她擔心家裡呢。

她拿著一隻雞腿啃著，雖然沒有調料，但是烤出來的雞味道還是不錯的。對於已經餓了很久的她來說，這簡直就是人間美味，所以即使有些焦急，也不會放下手中的美食。

「等。」

宮翎倒是很淡定，一隻手拿著匕首，一隻手拿著少了一隻雞腿的烤雞，削下一片放在嘴巴裡，吃得斯文又帥氣。

柳好好撇撇嘴，默默在心裡吐槽一句：裝帥！然後惡狠狠地吃著自己的雞腿。

「來了。」

宮翎站起來，迅速把面前的一切給撲滅，又撒了點什麼草，頓時煙火氣就被掩蓋了。

「走。」他伸出手抓著她的手就往樹叢裡躲，嚇得柳好好差點扔掉雞腿。「太瘦。」

就說十幾歲的孩子最不討喜了！

宮翎可不知道自己在柳好好心目中的形象是有多麼糟糕，伸出手就把人按在灌木樹裡。

「小心點，別發出聲音。」

柳好好白了一眼，舉著手中的大雞腿晃了晃，然後快速吃完之後扔到一邊，還小心翼翼地用土掩蓋起來。

「噓。」宮翎抓住她，讓她別動。

柳好好立刻緊張起來，就見到一頭漂亮的公鹿緩緩走來，身後陸陸續續跟過來二十幾頭鹿，有公的有母的，還有好幾隻小鹿。

「你待在這裡。」

話音剛落，就見宮翎輕鬆地攀著樹枝這麼一晃，身形便消失了，下一秒，人就出現在鹿群中間。

許是這個人出現得詭異，鹿群靜默了片刻才反應過來。領頭的公鹿直接拿著鹿角對牢宮翎就要衝過來，其他的公鹿也紛紛低頭保護著母鹿和小鹿。

然而這頭漂亮的公鹿根本不是他的對手，他拿著弓箭對準其中一隻鹿就射了過去，在領頭的鹿還沒有衝過來的時候，旁邊的那隻就倒在地上。

這變故一下子嚇到了鹿群，騷亂起來，開始飛快往樹林裡跑。

那領頭的鹿衝過來卻連他的衣角都沒有碰到，再看鹿群都跑了，也跟著就跑了。宮翎見狀立刻衝過去，對著一隻小鹿的脖子就劈下去。

這麼一下，那隻小鹿便倒在地上，一動不動。

柳好好看著眼前一幕，嘴巴張著、眼睛瞪著，看上去有多傻就有多傻。

宮翎走過來，甩了甩胳膊，抬著下巴倨傲地看著她。「看夠了？幹活。」

柳好好也不嫌棄了，自己沒本事幫忙那就多幹點活，狗腿什麼的都隨風去吧。

宮翎從樹林裡出來，手中拿著藤蔓，走到那隻小鹿跟前把牠栓起來，然後又暗暗地使勁，不一會兒，那隻已經沒有動靜的小鹿竟然掙扎著站起來了。

「這……這沒死啊？」

「嗯，活的價錢高。」

「你好厲害。」

宮翎也不謙虛，兩個人一個拽著小鹿，一個揹著那頭公鹿就這麼下山了。

「要不要回村子？」

「不用了，直接走吧。」

她到現在還沒有告訴宮翎自己的真名呢，要是被其他人說破了，絕對會倒楣的。

宮翎並不在意。兩個人就這麼繞過村子，往縣城的方向趕去。大概是有人一起，柳好好雖然很累，卻覺得縣城不是很遠，即使走路也走了大概一整天。

好吧，是真的很累，可她為了不讓這個小子看扁，強忍著一口氣，硬是跟在後面不吭聲地走著，直到天色大亮，兩個人才到了縣城。

「累死我了……」

「太弱。」

「你……你以為我是你啊，長得這麼壯實，對於一個飯都吃不飽的人來說，我已經很了不起了。」說著，她把鞋子脫下來。果然，腳底長了好幾個泡。

「我說怎麼這麼疼呢！」

宮翎看著這雙腳，有些發愣。他以為這文近長得這麼瘦，臉色又暗，肯定是個黑小子，哪知道這雙腳竟然這麼白，而且十根腳趾頭圓潤可愛，並排一起，莫名有種想要抓在手裡捏

第七章

「怎麼了，休息一下都不行嗎？」柳好好看著他漆黑的臉色，嘆口氣道：「只能把水泡給挑破了。」

「我來。」宮翎下意識地走過去，蹲下，伸出手抓住她的腳。

「你幹麼?!」柳好好嚇了一跳，就要把腳收回來。

「別動，都是男兒，有什麼好在意的？」

聞言，她沈默了，只好默念說謊不是罪過。

只見宮翎拿著一枝箭的箭頭，輕輕挑破了她腳上的水泡，又從懷裡掏出一個小瓶子撒了點藥粉，把裡衣扯了一點布下來，仔細地包好了。

「小心點，發炎了就不好受了。」

「謝謝。」

宮翎抬頭，就見到柳好好紅著臉，那雙眼睛明亮而乾淨，他莫名覺得這小子五官還挺好看的。

「看什麼？」

「沒事。能走的話趕緊走，不然鹿肉不新鮮，賣不出好價錢。」

柳好好立刻從地上爬起來。她目的就是為了賺錢，怎麼可以耽誤呢?什麼腳疼，那都是不存在的。

這一次，她更是體會到一個武力高的人在身邊是什麼感覺了。就這樣，兩隻鹿又賣出了讓她吃驚的價格。

「五十兩啊……」

「嗯。」宮翎不在意地把銀子扔過來。「你的。」

「等等，我說過了獵到鹿的錢是你的，我有錢的。」

宮翎淡淡看了一眼，那意思好像說：讓你拿著就拿著，哪有那麼多的廢話。

柳好好無奈，只好把銀子塞到懷裡。「對了，我們家欠人一頭牛，你知道哪裡能買嗎？」

「牛？」

「嗯，因為這頭牛，我家都不知道被大伯家坑了多少回了，如今必須得還給他們，我可不想一直被纏著。」柳好好沒好氣地說道。

「這邊。」

看來宮翎對這個縣城還是比較熟悉的，不管要什麼都能夠準確地找到。

兩個人在賣牛的地方轉了一圈，她也不知道哪頭好、哪頭不好。

「欸，你們聽說李員外了嗎？」

「怎麼了？」

「這不是他兒子犯事了嗎？想要求縣老爺開開恩呢。可是你也知道想要求人就得送點東西，可咱們的縣太爺沒啥愛好，就是喜歡些花花草草的……」

「好像是這麼回事，聽說咱們大慶朝的幾位……」有人小聲地指著上面。「沒有不愛花的，所以下面的這些都仿效呢，說不定能遇到個稀奇的花花草草的，送上去就能一飛衝天了。」

「不過這世上哪有那麼多珍奇花草？飯都吃不飽，誰會弄那玩意？」

柳好好正在挑牛呢，突然聽到這些話便側耳注意，心中有個隱約的想法。

「喂，挑好了沒有？」

「啊，我也不懂，就這頭吧。」一個子大，壯實，眼睛有神，牙口好。

把銀子付了之後，兩個人在縣城吃了點東西就準備回去了。這次他們不需要走路，只要坐在牛背上就可以了。

「喂，你為什麼不坐？行，不坐我坐，反正有免費的勞動力不用就是傻子。」柳好好就要往上爬。然而老天似乎跟她開玩笑似的，她根本爬不上去，一次又一次從上面滑下來，讓宮翎的額頭青筋都跳了起來。

沒辦法，他抓著柳好好的胳膊直接坐上牛背，然後抓著繩子一打，老黃牛就慢悠悠地往前走了。

等快要到柳家村的時候，宮翎從牛背上跳下來，看著柳好好。「你回去吧。」

「你呢？」

「我可能也要回去了。」

「去哪，回家嗎？」

柳好好瞪著眼睛看著他，不敢置信的模樣。經過這段時間相處，雖然這個傢伙話少毒舌，人卻是十分值得信任，良善又心軟。

「嗯。」

「這樣啊……那、那你以後小心點啊。」

宮翎點頭，默默地看了柳好好一眼，便轉身離去，只留下她一個人坐在牛背上。

總有分別的時候，只是沒想到會這麼快……

她把心中的這股悵然給嚥了下去，拍拍老黃牛的後背，慢悠悠地回去了。

「快來看啊，好好回來了！」

「是啊，好好還帶回來一頭牛呢！」

剛進村子就被人包圍了，柳好好有些不適應，但是又覺得這牛是自己還債用的，頓時底氣十足起來。

「娘，咱們去村長家。」

柳李氏點頭，看著好好憔悴的模樣，衣服也是髒兮兮的，就知道小丫頭這次在山裡面待的時間長，肯定是累狠了。

「我們去幫妳叫妳大伯啊！」有好事者不怕事大，立刻就往柳大郎家的方向跑去。

村長家門前很快就聚集了一堆人。

身為村長，自然是在這個村子最有威信的，他看著柳好好牽著一頭大黃牛，這牛長得好，夠壯實，一看就是年輕力壯的好牛。

「村長，這牛是我們還給大伯的。」

雖然很厭惡那一家子，但是在外面，小輩卻不能說長輩的壞話，這點她還是懂的。

「這牛……」

「我這些天都在山上呢，之前無意中看見一隻兔子吃草，吃完就昏過去了。然後我就用這草試試，你們猜怎麼著，竟然有兩頭鹿傻傻吃了，我不就是撿了個便宜嗎？用繩子把牠們給拴起來，直接送到縣城去了。你們看看我的腳。」她的腳上還綁著布，看上去很嚴重。

「都是水泡，就是因為縣城太遠了。不過兩頭鹿賣了二十兩銀子，這不就給大伯挑了一頭壯實的牛，可是花了我十八兩呢！」她睜著眼說瞎話，這頭牛也不過十二兩。

「鹿這麼值錢啊……」

「不會吧，這山上的鹿可不好抓啊，這小妮子在說謊吧！」

「她有什麼好說謊的，這銀子不是假的吧，這牛也不是假的吧。」

「那不一定，說不定是柳獵戶幫的忙呢！」

「別瞎說，柳獵戶這幾天都在家，我早上還有看見他。」

大家七嘴八舌說著，村長家就和菜市場似的。

「行了行了，都別說話了。」村長看了看柳好好。「這是妳自己買的牛？」

「當然，我還有買賣合……契約呢。」說著她從懷裡把契約給拿出來。「村長爺爺您看……」

村長接過來看了一眼，點點頭。「果然。行，等妳大伯來，我給妳做主。」

「謝謝村長爺爺。」柳好好鬆了一口氣，笑得眼睛彎彎的，走到跟來的柳李氏面前，抱著她的胳膊親暱地蹭了蹭。「娘，沒事的。」

柳李氏眼圈一紅，點點頭。

「喲，這是怎麼回事啊？」

「大伯母，我們之前不是說好了還你們一頭牛嗎？這牛怎麼樣？」

柳王氏的眼睛滴溜溜地轉著，這牛看上去是真的好啊，油光水滑，強健壯實，說不心動怎麼可能。她不著痕跡地看了一眼自家男人，示意他說一聲。

「這牛是你們還我的？」

柳大郎的嗓音有些低，也不知道是什麼原因。

「大伯看看還滿意不？」

柳大郎看了一眼，的確挑不出問題來。「這牛看上去不錯，但是誰能保證沒病啊，要是我們接手就出問題了怎麼辦？畢竟你們家想要買一頭牛——」

「別廢話，這是憑證，我可是真金白銀買回來的。」

「咳，既然這樣，那我們就把牛帶走了。」

說著，柳王氏就要去拉牛繩，卻被柳好好攔住了。

「小丫頭，這可是咱們家的牛啊！」

「大伯母，別著急啊。」柳好好笑得特別甜，可是太瘦了，眼睛有些大，到是沒多少美感。

「怎麼，想賴帳？」

「那倒不至於。」她依然笑著。「村長，那張欠條還在嗎？」

村長若有所思地看著柳好好，然後點點頭。「在的。」

「大伯母、大伯，我們之前說好的，牛給你們，欠條就要毀掉，今天就希望村長見證一下。」

村長點點頭。「應該的。」說著讓兒子去把欠條拿來。「這欠條上寫明二郎欠大郎家一頭牛，如今已經還清，那就作廢了。」便直接把欠條給撕了，看得柳大郎夫妻牙疼了半天。

以前就是拿著這個欠條不知道占了二郎家多少便宜，現在就這麼……那以後？

兩口子沈默片刻，紛紛在對方的眼睛裡面看到了算計。就算沒有欠條又怎麼樣，柳李氏軟弱無能，是他們柳家的人，還能翻出天來？

「謝謝村長爺爺。」

「好好，妳是個好孩子。」

村長點點頭，莫名覺得好好變化很大。

柳好好羞澀地笑了笑。「村長，自從爺爺奶奶去世之後，咱們兩家也都分家了。雖然說我爹不在了，大伯可以替我家做主，但是我娘還好好的呢，怎麼也不能越過去吧？要不然傳到外面還以為咱們柳家村的人欺負外地媳婦，不好聽。」

村長的神色變了變。之前不願意管就是因為這都是他們自家的事，但是現在在小丫頭的嘴巴裡面，就成了村子的事。

「您看，這要是被人聽見了，那四方八里的姑娘會怎麼想？都是自家養大的女兒，送到這裡來連自家事都做不了主，不好吧？」

村長意味深長地看著柳好好，半晌笑了笑。「那妳覺得呢？」

「村長，我其實也沒啥想法，就想我娘帶著我和我弟安安靜靜過日子，有些人還是別打著為我們家好的名義胡亂安排。」

「小丫頭說什麼呢！什麼意思啊，這是拐著彎說我們欺負你們呢！」柳王氏一聽，嗓門大得都快要掀翻屋頂了。

「大伯母，有沒有欺負不是我說的，當初您可是把我逼死一回呢，我都是死過一回的人了，還怕什麼呢？」

說著，那雙黑漆漆的眼睛就這麼看著她，讓柳王氏突然想到那天她拿著刀剁掉兔子頭的模樣，鮮血灑了一地，渾身打了個寒顫。

「妳、妳……」

柳大郎的臉色很難看，但是在這麼多人的面前，他就算臉皮再厚也說不出其他的話，只能僵硬地點頭。「應該的，我們最多也就幫襯幫襯，拿主意的還是妳娘。」

說得好聽，還幫襯，到時候別扯後腿就行了。

「多謝大伯了。」柳好好笑了笑，然後對著村長和周圍的人說道：「好好知道大家平日裡對咱們多有照顧，只是有的人不好意思說罷了，好好心裡都記著呢，在這裡謝謝各位了。」

說著，她又從衣袋裡面掏啊掏，掏出一把葉子。

「之前說的那種草的確有，但是我也只能說運氣好，若是那鹿不吃，我也沒辦法。我這裡還有一點，全給村長爺爺了，你們自己看一看，若是有機會的話也可以試一試。但是大家知道山上多猛獸，往裡面走很不安全，我兩天前還聽到了虎嘯，可把我嚇壞了。」說著還誇張地拍著胸口。「反正我是不敢再去了，要是遇到，我這小胳膊小腿的還不夠塞牙縫的。」

「什麼，好好，妳竟然遇到老虎了？」

一直沒說話的柳李氏聽到老虎，嚇壞了，抓著柳好好的胳膊恨不得把她從裡到外看一遍。

「沒有，我離得遠，娘別擔心。」

「以後不許去了，咱們在家把那幾畝地給打理起來，妳不能再去了！」

「好，我不去了。」

原本因為柳好好把那怪草拿出來而興奮的人，一聽到老虎也猶豫了。而且柳好好也說了，這草雖然效果不錯，但是那些鹿啊麅子啊什麼的吃不吃還很難說呢，要是跑一趟結果什麼都沒有弄到，還遇到老虎、野豬之類的，那就得不償失了。

所以想了想，大家還是熄了心思。

柳好好拉著柳李氏的手往回走。

「好好，以後……」

「娘，我知道，放心吧，我沒事。」她笑了笑。「以後咱們安安穩穩的過日子，別搭理其他人。」

「好。」

「姐姐！」

到家的時候，柳文遠一下子就衝了出來，抱著她的腰可憐兮兮地抬著腦袋，一臉的委屈。他可擔心了，大伯那一家子壞蛋就想要害他們，好想快點長大，保護娘和姐姐。

「怎麼了，我家的文遠什麼時候變成了小哭包？」柳好好擦了擦他的臉。「我們都回來了，以後沒事了。」

其實她知道，柳大郎一家根本不可能就這麼放過他們，但是現在在風尖浪口之上，他們也會按捺住。

「嗯，文遠會長大的，到時候一定保護好娘和姐姐。」

「好，以後姐姐就指望文遠了。」

柳文遠挺起胸口，表示完全可以，逗笑了柳李氏和柳好好。她伸出手撫了一下他的頭髮，看著旁邊放著的書，有些詫異。「文遠已經認字了？」

「嗯，文遠從小就聰慧，三歲便能背三字經百家姓了，妳爹還誇他是個好苗子。」

柳好好見她說著一臉的愧疚，毫不在意地道：「不急，以後咱們賺錢了，再送文遠去讀書。」

「對對對，找個好的先生。」

一想到家裡的錢，柳李氏頓時來了精神。現在他們已經不是窮人了，只要一家人好好的就可以了。

「娘，咱們家的地在哪裡？」

「等吃過飯，娘帶妳去看看。」

好好點點頭。她知道自己是沒有本事永遠靠山吃山的，這段時間能夠在山上找到點收入，都是因為宮翎的幫忙。

第八章

那五畝地是在小河邊不遠的地方，土壤發黑，一看就是好田，難怪柳大郎一家會打主意。

「娘，這以前都是種什麼的啊？」

「水稻，好的時候能產三石，差的時候也就兩石多。」柳李氏輕聲道。

柳好好算了算，一石約有一百二十斤，三石也才三百六十斤，五畝地一千八百斤。可是交稅是一成，那麼自己家也就只有一千六百來斤。一千來斤的稻子變成米大約也就九百來斤白米……

柳好好算著算著突然想哭，這還是收成好才有這樣的產量，要是不好的話，豈不是五百斤白米都沒有。他們家三個人就算吃的不多，那也吃不到一年啊！想想其他人家，難怪村子裡的人一年到頭忙下來都是緊巴巴的。

市場上的白米平均約三十多文一升，也就十文一斤左右。可是賣稻子的價格只有白米的三分之一，算了算他們家有好收成的時候，滿打滿算一季下來也沒有三兩銀子！

柳好好默默地握拳，自己還有金手指呢，怎麼就不能好好經營這五畝地？就算達不到畝產值上千，五百……應該有的吧！

她抬頭看了看周圍。「娘，我在想請誰幫咱們家犁地。」

「這……」柳李氏想了想村子裡有幾家有牛的。「到時候咱們請人吧。」

「嗯。」

柳好好也無奈，她不會犁地，不然也買一頭牛回來，到時候看誰還敢小瞧他們。

回去的路上，其實母女倆的情緒都不是很好，柳李氏是個身子弱的人，雖然這些年也學了幹農活，但是重活還是不行。

「沒事的，有娘呢。」

「嗯。」

柳好好自然是不會擔心的，吃了一頓還算不錯的晚飯，沈沈睡去。

醒來的時候，正好看見月亮在窗前。她勾唇笑了笑，爬起來準備弄點水喝，誰知道發現屋裡除了柳文遠之外，柳李氏卻不在。

她以為柳李氏去了茅廁，可是左等右等等不到人。

這似乎不對，她跑出去，也不見柳李氏，情急之下，她蹲下來戳了戳門口的那棵草。

「喂，你看見我娘了嗎？」

「誰、誰啊，大晚上的不給人睡覺啊，剛睡著呢！」

柳好好沒有心思和它貧嘴，戳了又戳，直把小草戳得晃悠悠的。

「行了行了，剛才的確有人出去，好像往南邊走了。」

南邊？娘這麼晚了去那裡幹什麼？柳好好有些懷疑地往那邊走去。

南邊稀稀落落的有幾戶人家，沿路都是黑漆漆的，十分安靜，看來都在睡夢中。當她踩在田埂上的時候，就見到自家的田裡有人在那裡一下一下挖著。

看著那個消瘦的影子，挖幾下停下來捶一捶肩膀，再繼續。動作很慢，卻一直沒有停下來。

這麼一瞬間，柳好好眼睛都有些發酸，漲漲的，似乎有液體要流下來。

她看了一會兒，悄悄地走到另外一邊坐下來。

這樣的夜晚，她不放心。

「喂，這個丫頭好像哭了。」

小小的聲音從腳邊冒出來，柳好好低頭，一滴淚就這麼落下去。

「沒事。」

「妳哭什麼啊？」那個小聲音關心地問道：「我聽說人一哭就是心情不好，妳為什麼心情不好呢？」

「沒有。」

柳好好心情低落，坐在那裡看著柳李氏一下一下地挖著土，百感交集。也許這就是母親吧，即使柔弱，要保護孩子就會變得很堅強。

東方泛白的時候，她趕緊從地上爬起來往家裡跑去，鑽進被子裡閉上眼睛，當做什麼都沒有發生。

不一會兒，柳李氏便匆忙趕回來。她的雙手都是水泡，疼得臉色都有些發白，但是臉上卻帶著笑。

「起來了，吃早飯了。」

早餐是粟米熬的粥，若是在後世，這樣的粗糧不知道多少人追捧，但是現在每天吃真的讓人深惡痛絕。柳好好卻是沈默著一口氣就吃完了，然後自覺地拿著碗去刷。

「怎麼了？」

「沒什麼，娘知道這村子裡哪家能買到糧食嗎？」

「這……村長家可能買得到。」

「那我去看看。」柳好好刷了碗之後就直接往村長家去。好在她還知道帶了點風乾的肉過去，這是上次的兔子肉沒捨得吃，風乾之後收著的。

「村長爺爺。」

村長正坐在自家的院子裡剝花生，看樣子準備種點花生。

「好好？」村長見她過來便開口道：「什麼事啊？」

「村長爺爺，我是想來問問您家能不能勻點糧種，隨便什麼，稻子、粟米、大豆的都可以，我家那五畝地不能就這麼空著啊。」

「好好啊，你們家這地……」

「我知道，咱們娘仨力氣小，種田肯定有些困難，但這也沒有辦法啊，稅就要交，咱們家也要吃飯，還有其他亂七八糟的加起來，沒辦法。」

「那有沒有想過租給別人呢？」

「那也不划算。」柳好好笑了笑。「其實種田很多都是要學習的，我們雖然力氣小，但是不代表我不能幹啊，最多慢點。」

村長點點頭。「既然你們想好了，我也就不說什麼了。孩子她娘，咱們家的粟米穀子還有點，拿給好好吧。」

村長媳婦並不樂意，所謂救急不救窮，這柳二郎家看上去根本就沒辦法還回來啊。粟米穀子不值錢也是糧種，就這麼送出去，心裡難受。

柳好好也知道這樣有些為難，把手中的一塊肉遞過去。「奶奶，這是山上抓的兔子，你們嘗嘗。」

「這孩子，怎麼這樣呢，快拿回去！」村長家的雖然有些不樂意把糧食送出去，但是也不至於還要他們的東西，趕緊推拒。

「村長爺爺，你們也別拒絕，這個時候我來借糧種，已經算是在你們這裡搶食了。你們能借給我，好好記在心裡，這點東西你們要是不收的話，我真的良心不安。」

村長嘆口氣，擺擺手。「收下吧。」

一隻兔子對村長家來說不算什麼，他三個兒子個個都是身強力壯的，經常從山上帶點野味回來，也不差這一口。但是他知道這是柳李氏的心意，若是不拿著，肯定不會收這粟米的。

十來斤穀子，柳好好抱著，歪歪斜斜地走了。

「是個好孩子。」村長搖搖頭。可再好的孩子有這樣的家，也難說啊……

柳好好自然是不知道那些人的想法，她現在滿心都是要把這些粟米給種出來。她能聽得懂植物說話，那麼培育這一塊粟米、提高產量應該是可以的。

「借到了？」

「嗯，只是些粟米。」

柳李氏也有些難受，畢竟這麼好的田種粟米實在是太虧本了。柳好好知道她怎麼想，眼睛轉了轉。「娘，我想弄一塊地種水稻。」

「啊，可以啊，咱們家可以買點——」

「不是的。」柳好好趕緊阻止她的想法。「我的意思是弄幾分地出來，我想……怎麼說呢，就是想看看這水稻的產量。」

水稻的產量不就是那麼多嗎？柳李氏不大明白，但是見柳好好堅持，她想了想，點點頭。「好。」

柳好好笑了起來，自然明白這個做法對柳李氏來說意味著什麼，她很感激母親的信任和支持，笑咪咪地抱著她的胳膊。「娘，咱們一定會好起來的。」

柳李氏也笑了起來，雖然家還是那個破家，卻十分溫馨。

「可是好好，咱們是要去買稻種嗎？到時候別人肯定會懷疑咱們家的錢從什麼地方來的。」柳李氏有些擔心。其實她覺得有些苦惱，明明手中有錢卻不能拿出來用，兩個孩子還要苦著。

「沒事啊，娘，我說了啊，賣鹿還有二兩銀子呢。」

柳好好狡猾地笑了笑。當初為什麼說二十兩，自然就是因為這個啊。

柳李氏愣了下就反應過來，伸出手指戳了戳她的腦袋。「就妳聰明。」

她得意地笑了笑。

不過對於培育新的糧種來說，柳好好更在意的卻是之前在縣城聽到的那個消息：稀有的花草。若是自己手中有的話也可以培育一些，到時候賣個好價錢？

「娘，我去鎮上看看能不能買點稻穀。」

「那行。對了，妳昨兒上山摘的蘑菇。」柳李氏把蘑菇遞過去。「這分量不輕，妳小心點。」

柳好好揹著一袋子蘑菇便出門了。正好大牛叔又拽著牛車出來，看到好好，笑了笑。

「小妮子，這次又去哪裡啊？」

「我想去鎮上把這些給賣了，看看能不能弄點種子回來。」

大牛叔點點頭。「行，正好我也要去鎮上買點東西，先上來再說。」

柳好好其實有些不好意思的，但想著走到鎮上怕也是中午了，就坐了上去。

「大牛叔，你每天都出門嗎？」

「怎麼可能，平日裡沒有事誰出門啊？」大牛叔甩了甩手中的鞭子。

「大牛叔，其實……」柳好好思考了一下。「農閒的時候，你可以用牛車載人去鎮上或者縣城裡啊，一人一文錢，也算是賺個早飯錢。」

「這怎麼行，大家都是一個村裡的人。」大牛叔擺擺手，但是心裡卻是有點意動的。村裡牛少，牛車更少，很多人要是去鎮上的話都喜歡借他家的牛車，雖然鄉裡鄉親的互相幫助，但是次數多了，他也心疼牛啊。

「明碼標價啊，這大牛也是要花力氣的，一個人一文錢，捨得的就坐，捨不得就不坐啊。而且若是單獨租用你家的牛車，一次五文錢。要知道在縣城一次五文錢只是單次呢，這五文可以來回，他們划算。」

「真的？」

「真的，而且這樣他們也不會隨隨便便就借牛車了。」柳好好可是知道，村子裡總是有些人喜歡占便宜，可大牛叔心好，不高興也不說。

現在聽柳好好這麼一說，大牛有點心動，可是還是有點擔心。「那他們要是不高興……」

「大牛叔，自家人過好了才是最重要的，別人開不開心不會影響到你的生活。再說了，一文錢而已。」

大牛叔想了想點點頭，看來還真的是。

鎮上相較於縣城要冷清很多，但是這周圍村子裡的人隔三差五地過來，也不錯。柳好好找了一個好地方，直接把蘑菇往面前一擺。「蘑菇啊，新採摘的蘑菇，五十文一斤，木耳十文錢……」

有了縣城的那次經歷，她再也沒有什麼包袱了，直接扯著嗓子就喊起來。

陸陸續續有人過來問，不得不說她採摘的蘑菇都是很好的，帶著一股清新味道，讓人看到就覺得是好東西。

「五十文太貴了吧！」

「夫人，這可是松茸。味道好，還有藥用價值，您要是常吃，絕對變得更加年輕呢。『一年好景君須記，最是松茸欲上時』，這玩意可不好摘，也就咱們村子在山邊才能有這麼新鮮的……」

「行吧，給我來兩斤。」

隔壁是賣雞的，柳好好借了人家的秤俐落地秤了兩斤的松茸。「您放心，您買這個絕對不會吃虧的。」

把小心得來的一百文錢藏在懷裡，她樂呵呵的，覺得今天可以買點肉回去給文遠加加餐，最好的就是能夠把村長家的給還了。

「小子，不錯啊。」坐在一邊賣雞的笑了笑。「不過這麼小就出來賣東西，膽子挺大啊。」

「沒辦法呢。」

「這松茸真的這麼好吃？」

「大哥，您真識貨，我這還有兩顆要賣也沒有什麼，您拿回去和雞一起煮，絕對齒頰留香。」

「這哪行呢，這麼貴。」

「大家都是做生意的，互相幫助啊，您不是二話沒說就把秤借給我了嗎？」柳好好呵呵笑著，乾瘦的小模樣讓人心裡多了幾分可憐。

那商販見了，心中一動。「那行，哥哥就收下了。今早來的路上這雞竟然還下蛋了，我這帶回去說不定還弄碎了，這玩意咱們家也不缺，你拿回去吃吧。」

兩個人坐在這裡一邊聊著，時不時有人過來買蘑菇，柳好好就推薦買隻雞回去一起煮，連帶著那位大哥的雞都多賣了不少。

不遠處的兩個年輕男人看著，其中穿著灰色長衫的男人笑了笑。「這小子倒是會做生意。」

「看著他的東西應該是從山上挖的，這附近的山也就青雲山能產出這麼好的東西了。」另外一個更年輕的笑了笑。「咱們這次不就是來碰碰運氣的，遇到這個小子倒是好運氣，正好可以指路。」

賣完蘑菇，柳好好揹著竹簍就往米糧店去。來到米糧店一看，見到上面的標價，心中默默地算著。

「老闆，這稻穀怎麼賣啊？」

「十五文。」

「啊，這麼貴，能不能便宜點……」柳好好決定拿出自己三寸不爛之舌，討價還價。「您看這生意是長做呢，咱們這個鎮上好幾家的米糧店，便宜又好才是做生意的長久之道……」

之前看到她的兩個年輕人站在身後，只覺得這小子的嘴巴挺索利，看著夥計一愣一愣地把糧種十二文一斤給賣出去的時候，更是覺得好笑。

「就算找不到我們要的東西，能夠見到這麼有趣的小子也是挺不錯的。」年輕人笑著摸摸扳指，大搖大擺地走了進去。

柳好好秤了十斤稻穀，結果小身板差點被壓倒，歪歪斜斜地趔趄一下，好不容易站穩。

「哈哈。」

誰知道身後傳來了笑聲，她看過去，就見兩個人盯著自己。一個年紀大點，一個像是少年，總覺得有些面熟。

不過面熟又怎麼樣，就能原諒他們嘲笑自己的事實嗎？肯定不能！

她惡狠狠地瞪了一眼，然後就揹著糧食往外走。

「等等。」

大概是沒有遇見過這麼好玩的人，少年伸出手擋住她的路。「我叫雲溪，在外面都稱呼一聲雲公子，不知道你……」

第九章

「柳文近。」

「倒是好名字。」

「有事？」

「又見到你，不覺得挺有緣的？」雲公子笑了笑。「這是我好友展明。」

柳好好把東西放下來。「我年紀小，你們別騙我。和我說緣分，你真當我傻嗎？」

喲，脾氣還不小。

「之前在大街上看到你賣的蘑菇，是不是從青雲山上採摘的？」

「青雲山？」柳好好想了想。「不知道，反正就我家門口的大山，挺高的。」

「不知道可否帶路？」一邊的展明笑了笑，那雙眼睛溫潤而親切，倒是讓柳好好多了幾分好感。

「可以，不過我要帶路錢。」

「咳咳！」真沒想到這麼直接。「多少？」

柳好好盤算了一下，看著他們身上的衣服。「十文錢吧。」

還以為會獅子大開口呢。

「行了，我也不蠢，今天就算我不帶路你們也會找到的，既然如此何必大開價錢把你們嚇跑呢？不過我還有點東西要買，你們得稍微等我一下。」

「行。」

柳好好揹著十斤稻穀，然後又去買了點粗布，還有二斤豬骨頭。

「這東西能吃？」

柳好好正盤算著該怎麼才能讓家裡人吃飽，就聽到耳邊人嫌棄的聲音，無奈地嘆口氣。

「沒看見嗎？五花肉要十五文，瘦肉要十文，肥肉十二文，只有這些骨頭，三個銅板就買這麼多，看看上面還有肉呢。」真是有錢人不知道窮人的苦。

雲公子和展明看了一眼，不過覺得這小子如此消瘦，家裡條件肯定不好，便也就沒有多說什麼。

「去山上可能要一段時間。」

「無妨，這邊風景不錯，正好可以看看。」

「喔。」她點點頭，沒有繼續問下去。

「欸，我這次可是弄到一個好東西。」一個人小聲說道。

「什麼？」

「紫菱草啊！」

顯然這個人並不在意。「這有什麼好的，到處都是。」

之前開口的人不高興了。「傻了吧，這棵紫菱草長得很特別，全身紫色，花開如蝶，可是難得一見呢！聽說鳳城縣的那位員外在找奇花異草，我這不是準備碰碰運氣嗎？」

「可是，這紫菱草還是太常見了，我覺得不可靠。」

這人嘆口氣。「這也是沒有辦法，我家婆娘這一生病，家裡哪還有……唉……」

柳好好正想要看看這所謂的紫菱草呢，就聽到一個不易察覺的聲音，仔細一聽，視線落在那小草身上。

「好難受、好疼，我要死……」

「等等！」錯身的那一瞬間，柳好好喊住了那兩個人。

「小子，什麼事。」

「我剛聽說你找到一棵紫菱草，想看一看。」

那人嗤笑一聲。「小子，這可是要送到縣城去的，你想看，碰傷了怎麼辦！」

「救我……好疼……嗚嗚……阿紫好疼……」

柳好好被這細細的哭聲給叫得有些頭疼。「紫菱草再怎麼特殊也是一棵普遍的草，您這麼大老遠的去縣城也不一定能賣出價錢。」

那個人臉上的神色越來越難看，好不容易撿到一棵特殊的草，想要碰碰運氣，可是這麼一說又擔心起來。他看了看懷裡的小草，心裡難受得要死。

「而且你這棵紫菱草說實話，狀態不是很好。」

的確，蔫蔫的，沒有一點生氣。

「這樣吧，我知道這對你很重要，我剛好會養花花草草的，要不你賣給我？」

「賣給你？」

那人明顯不相信，但是看著柳好好身後的兩人，卻將這份懷疑給壓了下去。「我要十兩。」

這是趁火打劫吧！「這位大叔，你在逗我嗎？」柳好好笑了笑。「既然沒有誠意就算了。」

「欸……那，八兩。」

「大叔，這棵草說白了也就顏色好看點，十文錢都沒有人要，你開八兩？還有你覺得我能拿出這麼多錢嗎？大叔，五十文。」

「不行，五十文根本不行。五兩！不能再少了。」

說著他還隱晦地看著那兩人，結果見他們似笑非笑地看著，一點想要買下來的意思都沒有，便知道根本是賣不出去的。

「大叔，我知道你等錢用，一百文。」她身上也就這麼多錢了。

「算了，你這草啊，我也覺得賣不出什麼價錢，一百文差不多了。」那人的朋友在一邊勸了勸，說實話他真的不覺得這棵草能賺多少錢。

「不行！」

柳好好無奈。不是她不想幫忙，實在是身上只有一百文，看著氣若游絲的紫菱草，心疼得無以復加。

「救命……嗚嗚嗚……」

剛想轉身，她又聽到小草的哭聲，心中一緊，抬頭看著雲溪，咬咬牙。「這位少爺，要不您先借我點？」

「喔？多少？」

「一兩。」

「你確定？」很明顯一兩對小子來說就是天價，這是不是瘋了。

柳好好點頭。一兩銀子她不在意，主要還是因為這個人現在急需要錢，而且紫菱草的情況的確不好。

「行。」雲溪笑了笑，示意身邊人掏出一兩銀子來。「不知道你怎麼還？」

柳好好想了想。「我帶你們上山，如果你們想找什麼，我可以幫你們。」

雲溪看著她，眼中閃過一絲戲謔和打量。

可對於他們的眼神，柳好好並不在意，她轉身把一兩銀子交給那個人。那人見狀，想了想便把紫菱草遞過來。

「嗚嗚嗚……阿紫要死了……」

「沒事，你說哪裡受傷了，我幫你。」她撫摸著小東西，見紫菱草有那麼一瞬間愣住，接著開始大聲地嚎起來。

「我的根斷了，好疼……」

柳好好抬起來一看，便知道怎麼回事，小心翼翼把斷根上的泥土給弄掉，然後把腐爛的地方截掉，趕緊安慰。「很快就好了。」

然後她又用布沾了點水，動作輕柔地包裹好。

「走吧。」把紫菱草放在背簍裡面，柳好好輕輕地試了試，便往前走。

最好是把紫菱草給種起來。她心裡盤算著，種植園林一般需要一些常見的綠化植物，這些比較好弄，還有人喜歡稀有花草。若是她能夠弄個苗圃的話，是不是可以賺錢？

雲溪見她說兩句就不出聲了，好心提醒道：「在大慶朝，很多人喜歡養花花草草，更別說建造園林時候需要的，但是可不是一棵兩棵就好了。」

柳好好白了一眼。當她白癡？市場有，但是怎麼打開市場？而且樹木的培育和一般的東西不一樣，花費的時間長，成本回收慢。若真的想要走這一條路，就要快速地積攢資本。

「不錯，看來我們找的地方的確是這裡。」看著前面綿延的大山，雲溪摸摸扳指，嘴角勾了勾。「不過這地方範圍太大，想要找到，只怕不容易。」

柳好好沒說話。

「欸，你家就住在這裡？」

「在前面的村子。」

「之前說幫我們找東西算不算話？」

「當然，我說到做到，不過我要先回家把這些送回去。你們是……」

「我們直接上山，就在那裡等你。」展明指著前面不遠處。「到時候，你來了直接喊我們的名字就好了。」

「行！」柳好好掂了掂背簍，站起來就往家裡面趕，根本不在乎身後的人。

雲溪看了看前面的大山。「這山也敢去，還誇海口幫咱們找東西，小子倒是挺厲害的啊……」

展明笑了笑。「也許吧。」

柳好好回家，就見娘在挑水，趕緊走過去。「娘，我來。」

「沒事，累了吧。」柳李氏笑了笑，把水桶放下，看到柳好好揹著東西回來。「這麼多啊，累不累？」

「不累。我今天的蘑菇賣了快兩百文呢。」其實也是因為她定價高，不然怎麼可能賣這麼多錢。

「好好，真的這麼值錢？」

「嗯。」柳好好喝了一口水，笑著說道：「這還不是咱們這山上的東西好，賣出好價錢。說實在的，昨天剛下雨，山上的好東西多，娘，我準備讓大力叔他們也去弄點賣一賣，不然挺浪費的。」

「可以賣掉？」

「當然啊，這山上東西好著呢！蘑菇咱們吃的多，不覺得稀奇，可是鎮上的人、縣城的人就不這麼認為了。」

「還是好好聰明。」柳李氏笑了起來，她越來越覺得女兒現在很厲害，聽女兒的一定沒錯。

「娘，我等會兒要上山。」

「好好，妳說過不上山的，怎麼又……」

「娘，我在鎮上遇到兩個人，他們幫了我的忙，讓我帶他們上山。沒事的。」柳好好摸著桌子上的大餅，快速啃起來。「放心吧娘，妳讓文遠和大力叔他們說，趁著現在還有，不然明天就老了。」

「那，妳要小心點啊。」

「行，娘，我膽子很小的。」說著，她揹起竹簍。「我順便還能帶點東西回來，到時候再賣點錢回來。」

「娘也不說了，妳小心點就好，記著家裡還有娘和妳弟弟，別什麼事都往自己身上扛，知道嗎？」

柳好好笑了笑，擺擺手就往約定的地方跑，正好迎上出門的柳大力。

「好好啊，準備去哪？」
「上山啊。」
「妳這孩子怎麼又上山，山上危險。」
柳好好笑了笑。「沒事的，大叔，我遇到了兩個貴人，他們讓我帶路。我把他們帶上山就好了，不往裡面走。」
「真的？」
「放心吧！對了，我剛才還和娘說呢，你們若是有時間上山摘點蘑菇什麼的去鎮上賣，能賣不少錢呢。」
「真的假的？」
「不騙你，我今天就回來了。不過叔，你要摘的話一定挑好的，別大的小的一起，不然品相不好賣不上價錢。要賣的話也要早點，不然老了就賣不上價錢了！我走了啊！」
看著柳好好就這麼跑了，柳大力想再問清楚都不行，但想著能賣錢又有些意動，猶豫了一會兒就去找自己媳婦，想要去柳二郎家問一問。
柳好好自然不知道他們家的事情，到了山腳下就往裡面鑽。
這段時間，柳好好時不時地上山，然後帶著點東西就往鎮上跑，本來就黑瘦黑瘦的，現在更瘦了。可她並不覺得自己多可憐，如今手中還有不少錢呢，今天跟著這些有本事的上山，到時候若是能再弄個好東西，也許她想要建造一個苗圃的想法就能實現了。

「雲公子、明先生，你們要到哪裡去？」

「不知道。」

「那你們要找什麼？」

雲溪想了想，桀驁不馴的氣質也稍微收斂了些許，他扭頭看著旁邊的展明。「你可有具體的？」

展明沈默了下，柳好好差點沒有跳起來罵人，但是想著兩位是債主，她只能站在一邊陪著笑。

「血靈芝。」展明忽然低聲道：「狀如祥雲，色如鮮血，生長在斷崖之上，喜陰，聽說身邊有伴生植物長相思。」

「等等！」柳好好一臉菜色。「你們說什麼，懸崖之上？」她這小胳膊小腿的，找死呢！

「一般情況下在懸崖上，所以還要煩勞小弟幫忙。」

雲溪笑得眼睛彎彎，只是怎麼看怎麼帶著一股戲謔的味道。柳好好愣住了，恨不得衝上去對著他的臉狠狠地揍下去，奈何打不過。

「可是，我沒去過太遠的地方啊。」她垂死掙扎。

這時，雲溪停下腳步，似笑非笑地看著她。「這麼說，是不願意了？」

她忽然感覺到身上涼颼颼的，特別是對方那雙眼睛明明笑著，但是不知道為什麼感覺到了寒意，讓她不由得想哭。
「沒……怎麼會。」
硬著頭皮也要上啊！好在，她有作弊器——
「各位叔叔阿姨、爺爺奶奶、小花小草們，你們誰知道血靈芝在哪裡啊？」
「血靈芝啊……它們可不好找。」蒼老的聲音帶著一絲慈愛，讓柳好好差點都要哭出來。
「是啊，血靈芝挺難找的，不過妳去問問青竹它們。」
得到指引，她便不著急了。「這邊走。」
青竹在前面的半山腰上，既然問了才有可能知道，自然要過去問問。
雲溪和展明不著痕跡地對視一眼，也沒有反對便跟著她就往那邊走去。
來到青竹林，柳好好停下來，對著高聳入雲的竹子又問：「親愛的竹子，你們誰能告訴我，血靈芝怎麼找啊？」她一臉期待地看著這些竹子，青色的竹竿光滑細膩，真是讓人賞心悅目。
沒有回答。
怎麼這樣？一點都不友好。
「哈哈哈……看著她一臉懵逼的樣子，我好開心。」
「是啊，像是傻子一樣，怎麼就這麼可愛呢？」

「哈哈哈，這小丫頭真好玩，真的聽懂咱們說話呢！」

柳好好一臉黑線。果然植物之間的八卦也是非常厲害的，她不過只是和家門口那片山上的植物打過招呼，怎麼都傳到這邊來了？

「小傢伙生氣了。」

「真是可惜，這小臉都鼓起來了。」

「難道你們不覺得這樣很可愛嗎？」

「好了，別逗人家小孩子了。」這是一根粗壯的竹子，看似被風吹了一下似地抖了兩下，然後溫潤的聲音繼續響起。「血靈芝就在前面的斷崖之上，不好走啊孩子。而且那伴生植物可是劇毒，小心為妙。血靈芝難得，旁邊常有龍蛇相伴，那東西也是非常毒的，可要小心。」

柳好好一臉呆滯，覺得自己無法活著回去了，不由得想哭。

「不過，若是妳找得到紫菱草的話，可以驅蛇。」

紫菱草？沒記錯的話今天剛剛得到一棵，她要怎麼做才能回去拿呢？畢竟紫菱草說起來是大眾草，可是真的想要找也不容易。

「怎麼了？」雲溪見她抬頭看著竹子半天不動，有些好奇地過去看了一眼。「你想要這竹子？扛不動？」

柳好好一臉黑線。「不是……」她想了想，問道：「靈芝旁邊有長相思，那玩意是劇毒，沾染便死，你們知道嗎？」

「嗯。」

「那你們知道還有龍蛇嗎？」她裝作好奇地問道：「我聽老人家說了，血靈芝是療傷聖物，但是因為效果太好了，身邊有很多東西保護著。這長相思便是其一，其二便是龍蛇。龍蛇頭上有角，體呈黑色，遠遠看上去像是畫中的龍一般，劇毒且記仇……」

第十章

隨著柳好好的講述，兩人的臉色也漸漸凝重起來。他們只知道這裡能找到血靈芝，也知道血靈芝的樣子和伴生植物，卻不知道原來這麼兇險。

「既然你知道這麼清楚，是否知道什麼破解之法？」

柳好好眼珠子轉了轉，笑了起來。「其實我知道血靈芝在什麼地方能找到，但是你們看我，這小胳膊小腿的又不會武功，只會給你們添麻煩。要不這樣，你們去找，我去給你們尋點紫菱草？」

「紫菱草？」

「對啊，紫菱草對龍蛇有驅趕的作用。」

柳好好一本正經地胡說八道。竹子們說的龍蛇她可是第一次聽到，還有什麼長相思，呵，她表示自己孤陋寡聞，沒有見識。

「剛剛才想起來？」雲溪陰惻惻地笑了笑。

展明倒是態度溫和，他想了想。「你確定紫菱草可以？」

「嗯。」柳好好一邊和他們說話，一邊仔細聽著竹子們的話，點頭。「長相思長得不起眼，頭上頂著兩個小紅豆子，別看不怎麼樣，只要碰到身上就會潰爛。我可不會醫術，當然咱們這裡也沒有大夫。」

兩個人思考了些許，然後展明卻突然離開。柳好好不明白怎麼了，雲溪好心解釋。「以展明的腳程，很快就會找到紫菱草的，比你回去拿要快得多。」

柳好好無語地看著這個叫雲溪的人，怎麼覺得這個人就是害怕她逃跑呢？

果然，不一會兒就見展明拽了一大把的紫菱草回來，她無語地看了一眼。「走吧。」

竹子說血靈芝在前面的斷崖上，說得輕飄飄的，等真的上去的時候才知道有多遠。她沒有走過這麼陡峭的山坡，所以每一步都艱難。

這時，兩個人終於覺得柳好好是個累贅，但同時也覺得柳好好對這一片真的很熟悉，又不想放她離開。思來想去，展明弄了一根藤蔓拴在她的腰上，還故意拽了拽。「好了，這下不會丟了。」

呵，真是謝謝，一兩銀子真划不來啊。

柳好好無奈，只能跟著他們往上爬。這兩個人真的一點都不善良，她一個柔弱的小屁孩都不放過。心裡這麼想著，但還是努力往上爬，因為她發現這兩個人爬山都不帶氣喘的，可見他們是會武功的！

這時又想到宮翎，柳好好就覺得太吃虧了，之前一直在想著賺錢，怎麼就忘記學兩招呢？

直到天色暗下來，他們才爬到一半。

柳好好癱在地上，擺擺手。「不行了，我爬不動了，你們要是想就繼續，別帶我。一兩銀子啊……我可沒說把命給你們。」

「一百兩。」

「啥？」

「帶我們上去找到血靈芝，一百兩銀子。」

柳好好目光複雜地看著雲溪，思量片刻。「你們怎麼知道我能找到血靈芝？我也不過只是聽別人說在前面見過而已，是不是還難說。」

「二百兩。」雲溪看著她的臉色變來變去的。「好吧，三百兩，只要找到，三百兩就是你的。」說著，還從懷裡掏出幾張銀票晃了晃。

柳好好的目光落在上面，胸口都在起伏，三百兩啊！

「成交。」

雲溪和展明對視一眼，就見展明無奈地搖搖頭。

柳好好可不管他們怎麼說。「先付一半。」

雲溪無所謂，把一百五十兩銀票遞過去。

柳好好不出聲，然後開始撿枯樹枝，偶爾從旁邊的草木身上詢問一下哪裡有吃的。

她以為只要指出血靈芝的位置就好了，哪知道需要自己上去，真是失策，什麼都沒有帶。

「小子。」

她扭過頭，就見展明從懷裡掏出一個饅頭扔過來。

柳好好一愣，看著白麵饅頭就想起清爽小菜，一時間是口齒留香。她這樣的表情讓兩個人更加確定了，這是個窮小子，一個饅頭都饞成這樣。

吃飽喝足了，柳好好的心情也好了不少。她摸摸索索地從樹林裡拽了些樹枝樹葉回來，然後搗碎抹在身上。

「你在幹什麼？」

「山中毒蟲很多的，這些可以防蟲。」

「這樣啊？」雲溪看著她把自己身上弄得到處一片綠色，不忍直視，甩了甩身上的藥囊。「果然還是有這個比較好。」

柳好好嫌棄地看著他，有錢了不起啊，哼！有錢也不是這樣用的，不知道省錢，敗家子。

見她氣鼓鼓的模樣，雲溪的心情很好，不由得哈哈大笑起來。

展明坐在一邊看著他這樣，眼中閃過一絲詫異，但很快就掩飾下去了。他不知道這位爺多久沒有這麼笑過了，輕鬆自然，沒有一點點戒備的笑。

他看了看坐在一邊氣呼呼的傻小子，挑了挑眉，閉上眼睛小憩。

也不知道是這兩個人太強了，還是他們身上的草藥有作用，反正這一晚過得挺安穩的。

隔天早上，又收到一個饅頭和一個水果，柳好好都覺得那個人是不是哆啦A夢了，總是能隨手拿出食物呢？

大概是她詭異的眼神讓展明感覺怪異，腳步都快上幾分，在太陽升到正中的時候，三人終於到了目的地。

「就這裡？」

「具體的我不知道啊！」柳好好無奈，竹子只是告訴她這邊有，可沒有說到底在什麼地方。

「呵，既然如此……我們之前可是說好了要找到的，你已經拿了我的定金。」

柳好好覺得寒毛都豎起來了，趕緊往後退。「你想幹什麼？我說幫你找，但是我又不知道到底在什麼地方，再說了談條件是你要的，我是被迫的！」

「呵呵……」

雲溪笑了笑，低沈的嗓音明明很好聽，卻給人一種無盡的壓迫感，嚇得她差點轉身要逃，可是偏偏雙腳像是被黏住似的，無法動彈。

「你……你想幹什麼？我……我告訴你啊……你們不能亂來！」

「喔，怎麼亂來？」雲溪笑了笑。「這大山裡，死的人也不少吧，偶爾失足摔下山崖什麼的……好像挺正常的。」

柳好好的臉色都白了，她瞪著一雙大眼睛就這麼惡狠狠地看著雲溪，好像這樣就能夠贏了對方似的。

「公子，別嚇著他。」

展明無奈。這位主子現在是越來越愛鬧事了，把人嚇得都快要暈過去了。

雲溪冷哼一聲，然後看著周圍，緩慢往前面走去。

「小心點，我來。」展明見狀臉色大變，趕緊過去。「聽說血靈芝喜歡長在懸崖峭壁之上，我去看看。」

柳好好這個時候才回過神來，只覺得渾身的力氣都被抽走了，沈默地看著兩個人，然後小心翼翼地往旁邊挪了挪。

「欸，你們說這幾個人在幹什麼？」

「剛才說什麼血靈芝吧。」

「芝芝啊，還在睡覺呢。那個相思守著呢，應該沒事。」

「嗯，不過好羨慕芝芝啊，好多人要帶它走。我就不行啦，都沒有人看中我。」

「沒事，我家蘭蘭最好看了。」

柳好好站在那裡，突然聽到有兩個聲音，循著聲音看過去，就見到兩棵不起眼的草在那裡抖著葉子。

「這什麼東西？小草？」

「呸呸呸，妳才是草，哼！我們是蘭花，蘭花懂嗎？土鱉。」其中一株抖著葉子不停地叫嚷著，看得柳好好是目瞪口呆。

是野蘭花！

「喂，剛才你們說想離開這裡，要不要跟我走？」

「呸，妳個沒見識的，竟然還想把我們帶走！哼，信妳才有鬼！」兩棵蘭花看來是極不信任她，雖然很想走，但不要跟這種都不認識他們的人走，到時候弄死他們怎麼辦，傻啊。

「你們才傻呢，難道沒想過我能聽懂你們說什麼，只要你們難受都可以告訴我。」

「好像有道理。」

兩棵蘭花嘰嘰喳喳地討論，柳好好看著有趣，正準備再說幾句，就聽見那邊傳來聲音。

「過來看，那個是不是?!」

「你們是在找什麼？芝芝嗎？」另外一棵蘭花小聲問道：「芝芝的確就在下面啊，不過旁邊的相思脾氣不好，妳得小心啊。」

「不過你們是要帶走芝芝嗎？其實不是不可以，但是一定要把相思一起帶著，不然他們肯定會生氣的。」

柳好好站起來提醒。「你們得小心點，把紫菱草的汁液塗抹到身上，可以防止龍蛇。對了，血靈芝身邊的相思你們注意點啊，最好一起帶走。血靈芝這種東西其實可以回去養著，和相思一起，到時候需要的話從上面割一點就好了。」她把知道的都說出來了。「過段時間自己會長好的。」

「真的？」

「當然，你們以為血靈芝好找嗎？這大山上說不定只有兩、三個，你們都來挖，哪有那麼多。再說了這玩意好幾十年才長出來，一下子就用光的是傻子。」

雲溪和展明二人若有所思地看著柳好好。

「看來你挺懂啊。」

「那是，大山裡面的我都知道。」

「口氣挺大。」

「嘿嘿。」不知道的有花草會說，當然這事可不能說出來。

見她這麼篤定，兩個人也不矯情，找來藤蔓做了一根繩子。展明對雲溪說道：「我下去。」

柳好好知道自己幫不上什麼忙，便乖乖坐在那裡，見沒有人注意自己，乾脆從小背簍裡面拿出鏟子，開始刨土。

「妳要帶我們走啊？」

「對啊，帶你們去看看外面的世界。」

蘭花笑得花枝亂顫的，看來是很喜歡到外面去。她小心翼翼把兩棵蘭花放進背簍裡面，然後乖乖坐在地上，什麼也不說什麼也不問，偶爾和小蘭花說一說話。

時間慢慢過去，很快太陽已經到了西邊，柳好好等得著急了，開始拽著身邊的小草，拽著拽著，就聽到啊一聲的尖叫。

「妳幹麼呢，頭髮都被妳揉亂了。」

「抱歉，抱歉。」柳好好趕緊舉起雙手表示自己不是故意的。

原本在關注那邊情況的雲溪，好奇地看過來。「你在幹什麼呢？」

柳好好一愣，露出一個討好的笑容來。「沒什麼，無聊動一動。」

「呵呵……你倒是挺有趣的啊……」

「是嗎？謝謝誇獎啊。」

對於心思詭譎的人，柳好好覺得以後有多遠避多遠，不過像這樣的人肯定不會再有機會見面了。

「公子！」

這時，下面傳來了聲音。柳好好站起來，伸長了脖子往前看，就見到之前還玉樹臨風的展明一身狼狽地爬上來，懷中還抱著一大坨東西。仔細一看，是血紅色的靈芝，還有一株不起眼的植物。

展明把手中的東西放在地上，拍拍身上的灰土。「幸虧小兄弟的提醒，不然還真的不一定能回來。」想到剛才的兇險，仍有些心悸。

「就這樣帶回去。」雲溪看著巴掌大的血靈芝。「既然已經得到了，那麼本公子說話也算話。」說著把另外一百五十兩的銀票拿出來，在柳好好面前晃了晃，然後扔過去。

柳好好抬頭看了一眼，覺得這傢伙就是把她當成小寵物似地逗弄，心裡雖然不舒服，卻也知道情勢所逼，可不能怎麼樣。

「那既然這樣，我就先下山了。」

「一起吧，你這樣下去只怕要明天都不一定。」

柳好好看了看，也沒有反對。反正現在該找的都找到了，她可不想繼續伺候這位大爺，沈默地跟在身後，第二天早上的時候下了山。

剛下山，就見到柳大力在砍柴，她過去打招呼。

柳大力抬頭看了一眼。「好好終於回來了啊，剛才我看見有人過去，那是……」

「就是我上次說的貴人。」

「這樣啊。」柳大力也不在意。他們這邊雖然是窮鄉僻壤，但時不時有些人過來，也習慣了。「對了，好好，我昨天還真的賣了不少錢呢。」

說到這個，柳大力就開心起來。「我聽妳的，直接找了些品相好的蘑菇去賣，沒想到還真的賺了不少錢呢！」這兩天賣了兩百多文，對於一個普通家庭來說真的不少了。

「其實以前也想過，但是這山上的東西咱們經常吃，也就這樣，總覺得沒有人喜歡。」他認真想了想。「而且這路不好走，光靠人揹著過去帶不了多少；用車子吧，咱們村也就那麼一輛，不能一直這樣。」

柳好好點點頭。「其實我之前就和大牛叔說了，以後借牛車可以給點錢當做運費。」

「這樣啊……」柳大力想了想，覺得這件事有點可能，可實際怎麼做卻說不上來，見柳好好一臉輕鬆，頓時覺得小妮子肯定有想法。「好好是不是有什麼想法？」

柳好好想了想。「叔，說實話我的確有點想法，但是現在還不是很清楚，等我弄明白了再說好不好？」

「那行。」

柳好好道別，揹著竹簍就往家裡趕。「娘，我回來了。」

每次她出門，柳李氏都覺得心提著，現在看她安全回來了，趕緊迎了上來。

「我說妳這孩子，我還以為妳只要去一會兒功夫，哪知道去了這麼久，妳真是讓娘擔心死了。」

「娘，別擔心，我都是知道的。」她笑了起來。「娘，我之前帶回來的那棵紫菱草呢？」

「哪棵草？」柳李氏沒有反應過來，就見柳文遠跑出來，指著外面。「姐姐，我種在那裡。」

柳好好走過去，看著渾身紫色的小草迎風飄搖，過得愜意得很。不過也是，這種草本來生命力就非常頑強，隨便一塊地都能好好地活著。

她笑了笑指著那邊。「娘，那邊的地給我吧。」

「妳想幹麼？」

「我這又挖了兩株蘭花啊，想養起來。」

柳李氏以為她玩心重，笑了笑。「行啊，妳自己喜歡的話就拿去。對了，眼看著就要到穀雨了，咱們家也該開始忙了。粟米這兩天曬一曬，準備發苗。」柳李氏頓了一下，小聲問道：「這點不夠咱們家的幾畝地，妳說要不要去買點？」

第十一章

柳好好想了想。「娘，我幫那兩位貴人上山，他們給我幾兩銀子，我準備明天去買點東西，順便去村長家看看能不能請人幫幫忙。」

「請人幫忙？」

「嗯，我想著，這麼藏著掖著也不行，不行就大大方方地拿出來，到時候也沒有人說什麼。不過我得找個機會。」

「那行，妳看著辦。」

柳好好把兩棵蘭花栽在紫菱草的旁邊，看著陌生的小傢伙互相打招呼，笑了笑，就到柳大力家去了。

「大力叔回來了嗎？」

「回來了，回來了。」

柳好好一進門，就見到大力家的笑咪咪地站起來，還端了碗茶水上來。「好好有事嗎？」

看這樣子，肯定是因為賺錢而高興了。「是這樣的，大力叔，明天我想去一趟縣城，順便賣點東西，想請大力叔和我一起。」柳好好笑咪咪說著。「咱們順便去縣城看看什麼東西最好賣啊，到時候也有計劃是不是？」

柳大力想了想。「那行！」

「嗯，那就這麼說好了啊！」說完，柳好好就跑了。

「這孩子……」

「是個好的，能想到咱們家，也是心中有計較的。」柳大力笑了笑，就讓自家媳婦準備點乾糧明天帶著吃。

第二天，柳好好便和柳大力從大牛家把牛車給租來了，五文錢，當著不少人的面就掏出來了。

「大牛叔，這縣城遠，五文錢已經很便宜了，你拿著。」柳好好笑了笑。「前些日子我又賣了點蘑菇，這五文錢還是能掏出來的。」說著也不給大牛拒絕的機會，就和柳大力牽著牛車走了。

柳大牛看著手中的五文錢，心裡高興了一下。原來真的可以賺錢啊，雖然第一個給錢的是柳好好，但是有了開頭，以後豈不是就好說了？畢竟人家柳好好都給了錢，那些人可不能腆著臉了。

「叔，我知道你擔心，但是做生意首先就是要誠信對不對？不管多大多小，該給的一定要給。再說大牛叔這車也不能白借，明明是我給出的主意，當然要做個榜樣啊！咱們不要心疼這五文錢，以後日子會好起來的。」

柳好好笑著說，柳大力看了一眼，覺得這丫頭雖然年紀小，卻給人一種能信任的感覺。

「對，好好說得對，以後一定會好的。」

兩個人趕著車，在中午時趕到了縣城。

「這縣城就是不一樣啊，真熱鬧。」柳大力也不是沒有來過，但是路途遠來得少，每次來都是一番感慨。「我要是有個鋪子就好了。」

柳好好看著他笑了。「大力叔，想做生意啊？」

「這不是覺得做生意能賺大錢嗎？」柳大力家裡有兩個半大的小子，正是特別能吃的時候，作為勞動力還差了點，所以負擔大，最想的就是怎麼掙錢。

兩個人說話間順著大街走，看著沿街叫賣的東西，柳好好一邊走一邊記下，仔細觀察著周圍的東西。「大力叔，你看賣什麼的都有，山貨也有，但是不多。」

說著，就見到有人過來買山貨。

「真是的，現在這東西怎麼越來越差了？」

「林媽媽，沒辦法，最近可能要農忙了。」

「欸，妳說夫人現在有身子，就想吃點新鮮的，這咱們都買不到的話，那不是不好嗎？」

「那就挑點好的。」

「只能這樣了。」

柳好好和柳大力站在一邊看著，見那兩個穿著好料子、像是管事嬤嬤的女人，挑挑揀揀地買了點山貨就走了，根本沒有問價錢。

「松子，剛炒的松子，香噴噴的，家裡的存貨可都沒有捨得拿出來的，顆顆飽滿。」

「糖人，現做的糖人，唯妙唯肖的糖人！」

「我們再轉轉。」

「給我來點。」

「我家小妮子就喜歡吃這個，也給我來點。」

松子不一會兒就賣光了，可見多受人喜歡，但是量不多，實在是不夠。柳好好有些詫異，上前看著賣光的簸箕，遺憾說道：「怎麼就這麼點啊，這附近還有嗎？」

「當然有，但是這玩意只在山上有，弄這些的人少，也沒多少。」小販樂呵呵說道：「這還是咱們家附近幾棵松樹上長的，都是幾十年的老松樹了，年年結了不少，我這可是省著賣了，供不應求呢。」

二人繼續在大街上轉著，的確看到不少賣山貨的。有的人直接在大街上叫賣，有的人送到酒樓，不過都是零零散散的。

「大力叔，看來的確有市場啊。」

「可是，賣的人也很多啊。」

「嗯，的確很多。」

兩個人逛了一圈，發現幾個店鋪。她看了看，然後找一家走進去。

「掌櫃的，這裡是賣花草的嗎？」

「你……想買？」

掌櫃的看著這個黑瘦小子，笑呵呵的，臉上卻是不在意的模樣。柳好好知道對方肯定不認為她會買東西，便笑咪咪地看著掌櫃的。「不是啦，我就是看看，可以嗎？」

掌櫃的看著她眼睛都黏在花草上面，擺擺手。「行，別亂碰就好。」

「放心吧，掌櫃的，我不會亂碰的。」柳好好開心地在店裡面轉來轉去，不過看了半天，發現都是些普通的花草，有些失望。

「掌櫃的，為什麼都是些普通的花草啊，這能賣得出去嗎？」

「呸，普通，誰說我們普通了，這誰啊？上來就說這樣不好聽的話。」

「誰知道呢，這些人總是把東西分為三六九等的，咱們怎麼了，怎麼就叫普通了？那些挑剔的、長不大的、生育能力不強的，結果還成為稀有的了，真是沒道理！」

「呵呵，別理她，咱們過咱們的。」

「就是，咱們的花開得也很漂亮，哼！」

柳好好哭笑不得地聽著這些花草拚命罵她，繼續剛才的問題。

「咱這個店小，買的人都是需要裝點一下的人，不需要多麼珍貴。再說了，花花草草這些東西都是有錢人的玩意，我也只是順帶著賣一賣，小本生意。」

柳好好若有所思地點點頭。

「在看什麼？」

「前幾天我在山上挖了幾株蘭花，就想看看有沒有人買。」

「蘭花？妳說山上的花啊？」

「對啊。」

「那也能賣錢？」

柳好好笑了。「叔，咱們這鎮上的那些員外他們家建造得好不好看？」

「好……好看。」

「哪家沒有花園什麼的，不種點花花草草？更別說縣城裡面的那些人了，而且王城那些達官貴人們就更別說了，我還聽說很多人為了得到一株奇花異草都願意花費千金萬金呢！」

「不……不會吧？」

從來不知道，原來花草也可以賣，他還以為只是小錢，卻沒想買家可以一擲千金。「好好，這不可能吧？」

「叔，沒有什麼不可能的，什麼東西都有人喜歡，有錢難買心頭好對不對？」

柳大力木訥地點點頭。「那要是咱們能找到這樣的就好了。」山上的東西那麼多，要是真的找到一個像好好說的，那豈不是……

「叔，越是稀少的東西越難找，而且買家也難找，不是隨隨便便就能找到的。山上危險，咱們平時見到的都是普通的。」

柳大力恍然。也對，若是都那麼好賺錢的話，山都被挖禿了。

等到他們回去的時候，天已經黑了。柳好好趁著天黑，把買來的粟米穀子送到村長家去。

「好好，這是……」村長沒想到才幾天，這小妮子就把東西還回來了。

「爺爺，您別著急，我前些日子遇到貴人了，因為幫了別人一個忙，就給了我點錢當報酬，我就全部拿來買種子了，想著既然有錢了，就應該還給您是不是。」

「妳這孩子，人家給報酬能給多少啊，妳不留著點，家裡怎麼辦？」村長嗔怒。若是之前覺得借給柳好好是有去無回，現在倒是覺得這孩子值得幫忙，而且不知道為什麼，總覺得這孩子以後有出息。

「爺爺，就算家裡缺錢也不能靠這麼點。再說了，有借有還再借不難是不是？」

村長被逗笑了，伸手點了點她的額頭。「這孩子。」

回到家，柳李氏已經把飯給做好了，在她的指導下，兩根大骨頭熬得奶白，加了幾片生薑，揭開鍋，那香味簡直勾得人口水直流。這個古代什麼最好，就是這種沒有任何添加物、純天然的食材啊！

「真好吃。」柳文遠吃得滿足，小嘴上掛著油漬，雙眼還盯著那大骨湯。

看著弟弟雙眼黏在骨頭湯上，捨不得挪開，柳好好覺得好笑之餘又心酸。

「放心吧，以後不僅僅有湯喝，還有肉吃。信不信姐姐啊？」

「信。」

這麼乖巧的小子是自己的弟弟，柳好好覺得人生真的很滿足。

想當年，那個家庭自從母親死了之後，父親另娶，生了龍鳳胎。還以為有了兄弟姐妹，自己就不會孤獨了，結果個個都是野心家……柳好好想了想，還是把過去拋棄了。現在，她除了窮點，過得其實還是不錯的。

最起碼日子過得簡單開心。

三月中旬，柳好好在家裡開始育秧苗。門前的空地上，她費了九牛二虎之力弄了河底的淤泥出來整平，然後用篩子篩了些草木碎木當做肥料，然後把稻子均勻地撒在上面。將稻草鋪在上面，把稻種放在下面，提高溫度，儘快發芽。

「好好，這樣可以嗎？」

柳好好點點頭。「應該沒有問題。」

柳李氏哭笑不得。什麼叫做應該沒有問題，這稻種可不便宜啊，十來斤呢，花了那麼多的錢。他們村子種稻穀的比較少，但是家家戶戶都是把種子直接撒在田地裡，哪有像好好這樣的。

「娘，放心吧。」

柳好好擦了擦額頭上的汗。雖然聽不見這些稻種在說什麼，但是她能夠感覺到稻種很舒服。這種玄之又玄的感覺，她無法告訴柳李氏，只能言語安慰。

「娘，那邊怎麼樣了？」

「種子已經下地了，妳放心吧，那點田地的事情還輪不到妳這小娃子操心。」

柳李氏沒好氣地笑了起來，這段時間她早已經調整好了心態，即使再苦再難，只要用心，不會變得更糟糕。

柳好好忙完直接去了柳大力家。

「叔，嬸子。」她看了看天。「叔，你們家的種子已經下地了吧。」

「嗯。」柳大力從縣城回來之後，就一直在思考她的話，不過因為大家都忙，也沒有好好說一說，現在見好好過來，便開口道：「好好，上次妳說什麼東西都可以賣。咱們這裡山上的東西很多，我家還有蘑菇乾、筍乾什麼的，這些能不能賣？」

「能。」

「真的？」柳大力不自覺地壓低了嗓子問：「叔家裡還有不少曬乾的山貨，好好妳看……」

「叔。」柳好好見他有這個想法，心裡高興了一下，神情變得嚴肅。「你有沒有想過，家裡的這點送到縣城去，賣多少錢一斤，來回的車費，你一天所耽誤的事情，把這些算一算的話，覺得自己賺多少？還有，叔有沒有考慮過，一個縣城他們最喜歡的山貨是什麼，購買量是多大、你準備去哪裡賣？」

柳大力聽她這麼一問，整個人都懵了。媳婦小劉氏站在一邊，支支吾吾地問道：「這麼複雜啊？」

柳好好笑了，其實做生意這方面她並不是很在行，但簡單的還可以。

「其實不複雜。」她看到站在一邊不說話的兩個男孩若有所思的模樣，笑了。「縣城很遠，這點帶過去的話不划算，但是我們知道縣城需求肯定很大，可以在村子裡收購，然後一次送到縣城。」

「什麼？」

「我知道！」這時，一直沒有說話的大虎立刻叫起來。「咱們可以先便宜地從村子裡收購，然後一起送到縣城賣。這樣的話，咱們用一次的運費送更多的貨，而且我們也就耽誤一天。而且咱們買了村裡人的山貨，他們賺錢了，我們送到縣城可以賣貴一點，比如每斤多賣三文錢，這樣出去的路費，咱們也不虧。」

柳好好點點頭。「大虎說得不錯啊！」

大虎看了她一眼。「我是妳哥。」

「行，大虎哥算得很清楚。」柳好好笑了起來。「但是這裡有風險，比如你們收購村子裡的貨錢先要自己貼，然後還有就是這價錢怎麼賣，多久才能賣完……」

柳大力覺得腦袋都糊塗了，唯一聽懂的就是很可能會虧本。這個想法一出現，他就有些猶豫了。

見他這樣，柳好好笑了起來。「叔，咱們都是住在大山附近的，這山上的東西吃得還少嗎？」

「不少。」

「那你覺得怎麼樣？」

「很好吃啊。」

「對！咱們一年到頭吃山上的東西都不會覺得厭煩，那些城裡人呢，偶爾吃一吃會不會覺得好吃，想不想吃？縣城那麼多人，每家買一點，能不能賣掉？所以當務之急就是看能不能把村子裡的東西給收過來。不過咱們既然想要做這個生意，一定要好東西，爛的壞的不能要。」

第十二章

「好，我知道了。」

柳大力雖然忐忑，但是見柳好好說得如此肯定，也覺得機會很大。

柳好好從懷裡掏出一袋子的銅板，裡面還有些散碎的銀子，遞過去。「叔，這裡有五兩銀子，給你做本錢。」

「好好，妳從哪來的這麼多錢?!」

「叔，我實話和你說，之前的確是遇到了貴人，那貴人出手大方，直接給我十兩銀子。」她可不會說那個人給了幾百兩。

「什麼?!」哪有人出手這麼大方的。

「叔，別擔心，而且之前我賣東西也賺了點。」她見周圍沒有人，笑了。「其實你們還記得我第一次在山上待了好幾天嗎？」

「對。」

「我無意中挖到一棵人參，賣了點錢。」

柳大力吃驚地看著她，沒想到小丫頭的運氣這麼好，人參可是好東西，他們這山裡面有這玩意，但是根本沒有人挖到過，沒想到小妮子竟然有這個運氣。

「那敢情好，終於不要挨日子了。」小劉氏笑了起來，連兩個孩子都笑起來了。

看著他們一家子人這樣為自己開心，眼中沒有一點覬覦，柳好好終於放心。她認真跟他們叮囑。「叔，第一次可能難點，等到以後做起來就好了。」

「爹，咱們試試吧。」大虎竄出來。「什麼事都有風險，但是有風險才有收入啊，說不定真的能賣出好價錢呢！」

柳大力站起來。「行，就這麼決定了！」現在還不是最忙的時候，乾脆就試一試。「好好，這銀子咱們不能收……」

「叔，別這樣，咱們是合夥呢。」柳好好笑道：「我也不能隨便拿你們的錢啊，我出不了多少力，那就出點錢，到時候咱們再算一算。」

「那好吧。」

「叔，先定個價。若是你覺得不好的話，咱們可以把價格再提高。」柳好好覺得這家人真的很老實啊。

柳大力猶豫了一下，狠狠心。「行，既然好好這麼說，那就幹了！現在這個月分只要下點雨，山上就有很多好東西，我就把這個消息給發出去。」

柳好好知道他還有種不確定的心情。「這幾天不忙，叔可以和兩個哥哥先去多弄點山貨，賣一次再說。看看這次賣得好不好，咱們心裡有個底。」

柳大力一家趕緊點頭，她又囑咐了幾句之後，留下錢就走了。

天公作美，剛回到家就下起小雨，都說春雨貴如油，這一場下來，山上的蘑菇、野菜什麼的肯定會長出很多。

柳好好就沒有摻和進去了，一場小雨讓她多了幾分心思關注自己的秧苗，感覺到細微的動靜，她心情很好。

「欸，那個傢伙是不是傻缺？把咱們弄回來就這麼不管不顧了，這什麼意思啊，我們可是堂堂的蘭花！」

正在認真想事情的柳好好聽到了說話聲，扭頭看過去，就見兩棵蘭花搖頭晃腦地說著悄悄話。

「傻缺啊……」

「啊，妳幹麼?!」

柳好好笑得不懷好意，看著兩棵蘭花，對旁邊的紫菱草說道：「喂，聽說漂亮的花草都要有漂亮的花盆陪襯，我覺得你長得很好看，到時候給你整一個。」

「謝謝。」

紫菱草的聲音小小的，帶著羞澀，聽起來特別可愛。柳好好伸出手指輕輕地在葉子上碰了碰。「真乖。」

紫菱草嬌羞地笑了笑，不說話了。

自從被救回來之後，這棵小草特別乖巧，安靜不說話，讓柳好好心疼極了。

兩棵蘭花是跳脫性子，聽到這麼一說，其中那個稍微小一點的就不樂意了。

「喂，妳什麼意思啊，什麼叫他乖？那我們呢？告訴妳，這樣歧視是不對的。」

「當初妳帶我們回來的時候可不這麼說的，妳說會好好帶我們的。」

「就是就是。」

「我對你們還不夠好啊？給你們最好的土，說渴了我就給你們澆水，說沒有肥料了我親自去弄，你們還想怎麼樣，別忘記你們當初在山上的時候有現在好嗎？」柳好好簡直被氣笑了。這兩個傢伙簡直驕傲得不行，還十分挑剔。「我可是等著你們開花呢，不開花……那就是雜草，對我來說就沒用了啊，到時候斷水斷糧！哼！」

「欸，妳不能這樣……」

柳好好毫不客氣地威脅它們，心裡卻是樂了起來。

「好好啊，」柳李氏扛著鋤頭從房間裡出來，見她蹲在那裡看幾棵花笑了起來。「我先去田裡了，這天看上去要下雨了，我去看看。」

「我和娘一起。」

柳好好帶上雨具，順手給柳文遠塞了一本舊書。「先看著，不會的到時候問我。」

「喔。」

柳文遠看著姐姐，心裡卻是在說，姐姐都沒有學，怎麼可能知道呢？他翻開這本書，饒有興趣地看起來。裡面的內容他可以說倒背如流了，可是家裡面的書都沒有了，不看又怎麼辦呢？

果然，走到一半就開始下起小雨來，母女倆快步走到自家的田裡，看著已經冒頭的小苗，在雨水的滋潤下發出心滿意足的喟嘆，柳好好心情愉悅起來了。

「娘，我們要幹什麼？」

「看看有沒有雜草，再看看會不會積水。」

相對於柳李氏的經驗，自己只是紙上談兵，什麼都要一點一點摸索，所以她很認真地跟在柳李氏的身後，聽著她說。

等到身上的衣服都濕透了，柳李氏擔心極了。「走走走，趕緊回去，可別得了風寒。」

「沒事……啊！」

一個響亮的噴嚏打出來，嚇得柳李氏抓著她的手就跑。

「說了讓妳回去，非要在這裡，看看，都已經打噴嚏！」風寒可不是小事，稍有不慎就會……想到可能，她越發著急了，何況女兒之前還生了一場大病。

柳好好被拖拽著回家換衣服，等到換好衣服出來，柳李氏端著一碗薑茶，臉上都是擔憂。「快點喝了，發發汗。別以為現在天氣比較暖和就沒事了，這春天的氣溫可是很奇怪的，最容易風寒了。」

聽著她絮絮叨叨的話，柳好好沒有覺得厭煩，而是乖乖坐在門檻，小口小口喝著薑茶。

看著外面淅淅瀝瀝的雨滋潤著大地，她只要閉上眼睛就能夠感覺到那股來自花草樹木的欣喜和愉悅，只覺得渾身都是愉悅滿足的。

「真好。」

「姐姐，妳說什麼？」

柳文遠端著小凳子過來，還非常貼心地把小凳子放在她屁股下面，示意姐姐趕緊坐下來。被他這樣的小動作弄得心裡暖暖的，柳好好笑了笑，指著前面的山。「文遠，你看前面。」

柳文遠年紀小，再加上喜歡讀書，人有些瘦，看上去很柔弱。

「那就是些山啊，怎麼了？」

「我們以後一定會靠這些山賺錢，到時候姐姐送你去讀書，只要你想要做的，姐姐一定幫你實現！」

柳文遠眼睛紅紅的，抱著她的胳膊。「姐姐，真的嗎？」

「真的，記住姐姐說的話，我們一定可以的。」

「嗯。」

第二天，柳大力家的人果然上山了，柳好好想了想，也跟著後面採了一簍筐的各種蘑菇。然後他們從大牛家租了牛車，幾個人浩浩蕩蕩地去了縣城。

「好好，咱們這次怎麼賣啊？」

不僅柳大力去了，大虎也跟著，柳好好小胳膊小腿的，被他們放在車上。

「沒關係的，咱們這是新鮮的，到時候肯定有人來買。叔，價格你們得記住啊。」

「當然了。」

雖然到達縣城的時候已經過了中午，但是三個人想著自己的蘑菇肯定能賣錢，竟然不覺得餓，從懷裡掏出乾糧就吃起來，直接往平時買賣的地方走去。

「欸，你們這是……猴頭菇？」

「還有茶樹菇呢。」

「還有這個是蕨菜？」

「你們這東西是幹麼的，賣嗎？」

剛把貨卸下來就有人過來了，柳大力趕緊點頭。「賣、賣，這些都是今天早上從山上摘的，絕對新鮮。咱們趕了好幾個時辰過來的，一點都沒有耽誤。」

「看上去不錯。」

「放心吧，咱們是柳家村的人，那邊大山大家也是知道的。」柳大力是個淳樸的漢子，平日裡從沒有說過這樣的話，但是現在看有人過來問，自然是要好好地誇一誇。

「怎麼賣啊？」

「這個……」柳大力下意識看了一眼柳好好，見她笑著看自己，想著一個大人也不能完全靠小孩子，便硬著頭皮說道：「香菇十文錢一斤，曬乾了就……就三十五文。猴頭菇新鮮的二十文一斤，那個花菇乾是二十五文一斤，還有這蕨菜十五文一斤……」

柳大力開始還有些不好意思，但是說著說著膽子大了，也流利了。

「各位你們看看啊，這東西都是我早上去山上摘的，東西不多但樣子好啊。」大虎滿臉堆著笑，大大方方向客人推薦。

一群人見大人帶著兩個孩子，手裡還拿著乾糧，也知道的確從遠地方來的。

「那行吧，給我半斤猴頭菇。」

「這位夫人，狗頭菇可鮮美了，能紅燒也能燉湯，而且還有藥用價值。夫人您真是會選擇。」大虎一邊秤一邊恭維，柳好好坐在一邊看著他們父子倆這樣賣東西，覺得這條路果然沒有錯。

「喲，這小子真會說話，行，再給我一斤花菇。」

「給我點乾香菇。」

「行，您稍等。」

「這個是什麼，能吃嗎？」有人抓著筍乾問。

「當然，這是嫩竹筍曬乾了的，和五花肉放在一起紅燒，那滋味真的是妙不可言。」柳好好也沒有坐在一邊，趕緊上前幫襯著。

這時，一個十幾歲的年輕人跑過來，見這邊賣得好，氣喘吁吁地說道：「把這些都給我包了。」

「什麼呢，咱們買著，憑啥給你包了啊？」

「怎麼著，咱可是醉春樓的人，能看中他們家的山貨那是給面子！」看來這個年輕人是個小夥計。「行了，還剩多少，我也不為難你們，剩下都給我。」

柳大力有些發愣，看著簍筐裡的東西，點點頭。「行，不過這幾位是先來的，我把他們要的秤了就跟你走。」

小夥計大概不樂意，但是做生意有做生意的規矩，便噘著嘴巴站在一邊，看著旁邊的人把東西買走，越來越著急。

「好了，我們走吧。」柳大力看著還有小半筐的蘑菇，憨厚地笑了笑。

「你們……你們還真是……」小夥計無奈。「你們把東西賣給我們醉春樓還怕價錢低嗎？也不看看在這鳳城縣，哪家酒樓比得上我們家。」

「是是是，我們自然是知道醉春樓是數一數二的大酒樓，可是那些人先到的，做生意總要有個誠信是不是？」

小夥計斜著眼睛看著他，搖搖頭。

「掌櫃的，人來了。」

醉春樓掌櫃的是個四十多歲的男人，胖乎乎的，看上去特別的平易近人。在看到柳大力一行三人的時候便走過來，笑了笑。「我醉春樓是這鳳城縣最大的酒樓，每天需要的量很大，若是你們的東西真好的話，我願意和你們做長期生意，不過價錢上……」

柳大力一激動，想要說什麼，卻被柳好好給阻止了。

「掌櫃的，先看貨，咱們再說價錢。」

掌櫃的大概是沒有想到，說話的竟然是最小的那個，有些不悅，板著臉看了看筐子裡的東西，一眼看出來這的確是新鮮的貨物，又點點頭。「你們在集市上的價錢我都聽說了，這樣吧，八折怎麼樣？」

「不行。」柳大力還沒有算過來，就聽到柳好好直接拒絕了。

「小孩子插什麼嘴啊？這是我和你爹談生意。」

「掌櫃的，我叔是幫我賣東西的，我年紀小一個人出門不安全，所以叔和大虎哥陪我到縣城來。」柳好好齜著牙笑了笑。「按理說，您想要我們長期供貨，我們的確應該降價。」

掌櫃的看著她，笑了笑。

「但是呢，您也說了酒樓大，看來需要的貨肯定很多，那麼我們肯定要去山上摘。要新鮮要大還要嫩，那麼我們花的時間精力還有風險都會增加，投資增加回報卻要縮小，這對我們來說不划算。」

掌櫃的挑挑眉，胖乎乎的臉上肉都笑得抖起來。

「小子，你說的只是投資一部分增加，你每次來不需要去街上賣，省時省力，量大賺得也多，其實已經很划算了。」

「掌櫃的，你忘記了，既然要新鮮的山貨就很麻煩。這些東西不是天天有。」

柳好好就這麼和掌櫃的扯，說他們不容易、食材好，最後決定按照之前市場價收購，不過附加一個條件，若是有其他的貨首先供給他們家。

「成。」柳好好瞇著眼睛笑了笑。「掌櫃的，咱們要不要寫個契約什麼的？」

這時，掌櫃的更加吃驚了。這小子看上去並不大，結果說話頭頭是道，還知道要簽約，這真的是村裡的小孩子？

「好啊。」

柳好好以柳大力的名義簽了一份契約，樂呵呵地把東西賣給醉春樓，然後說清以後一個月送貨兩次便離開了。

柳大力還暈暈乎乎的，簡直無法想像這麼輕鬆就把東西給賣掉不說，還和最大的酒樓掌櫃的做了一個長期生意。

大虎站在一邊樂呵呵的。「爹，咱們先別暈，先回去看看今天掙了多少，之後再說好不好？」

酒樓的量有點大，光靠他們肯定是不行的，所以回去之後最好是發動全村的人去採摘。這可是個好消息，不管怎麼說，也算是帶動了村子裡的人。

第十三章

但柳好好並沒有這麼樂觀。

「叔，咱們這次其實是走運。」柳好好坐在車上認真道：「我們之前採摘的就是選擇好的，那些人是看中了咱們的品質，所以這不能降低，一定要嚴格。而且正好我們遇到了醉春樓需要這些東西，不然也不會賣這麼快。」

柳大力點點頭，若是醉春樓不需要的話，他們可能還在那裡賣，或者根本就賣不掉。想了想，高興的情緒也拋諸腦後，嚴肅地問道：「那我們怎麼辦？」

「叔，別那麼緊張，一個縣城這麼大，就算沒有醉春樓肯定也能賣完的。」柳好好笑了笑。「我只是想提醒一下，咱們回去從村子裡收購，可不能因為交情就放低了標準，不然到時候醉春樓隨時可以不要我們的。」

「我明白的。」

到村子時已經天黑了，把牛還給大牛家之後，三個人趁著夜色回家。

柳大力帶著錢總覺得不安全，非要好好先把錢分了再回去。

「一百二十五，一百二十六……三百……五百八十一……」

柳家人一直在數錢，而柳好好已經算過了。猴頭菇新鮮的十三斤，一共是二百六十文，乾貨只有兩斤那就是六十文。黑木耳十五斤七十五文，蕨菜十斤半二百文，花菇十五斤三百文，然後還有香菇十斤賣了一百文，松茸只有半斤賣了二十五文，筍乾一共有十五斤，賣了三百文，還有其他零零散散的一共賣了七十三文……

去掉牛車五文錢，一共是一千三百八十八文錢。

「好好，妳怎麼算出來的？」大虎吃驚地看著好好，一臉的敬佩。好歹自己是大學研究生，這些都算不出來，她豈不是白念了那麼多年？

「叔，今天咱們賣了一兩銀子，沒啥成本，都是賺的。」

「好好，都是妳出的主意，妳拿七成，這就是……就是……」柳大力沒有算過來，半天才說道：「九百七十一，就當九百八……」

「叔，別算了。」

柳好好見他們一家人都點頭，一點羨慕算計的樣子都沒有，心裡很舒服很輕鬆。

「叔，這我不能拿這麼多。」

「那怎麼行，主意妳出的，生意也是妳談的，我們不能……」

「叔，好好年紀小，很多事情還要仰仗你們，難道以後我要是有什麼事請你們幫忙都不願意了嗎？」柳好好委屈地道：「要算得這麼清楚，這錢我就更不能拿。」

柳大力夫妻被這麼一說，更是沒有辦法接話了，一臉的為難。柳好好也不繼續說了，從裡面拿了四百文。「我算三成，畢竟今天咱們仨一起的。」

「這……」

「爹，娘，就聽好好的吧。」

「對啊，叔，嬸子，以後我可是在家種田的人，不能跟你們上縣城賣東西，所以我除了給點錢之外其他的什麼都沒做，拿了三成已經很不好意思了。」說著，還不好意思地笑了笑。「叔，那就這麼說定了啊，我先回去了。」

柳好好拿著錢就從炕上跳下去，飛快跑走了。

「這孩子……」

「爹，娘，咱們以後多照顧照顧他們家就好了，既然說了三成咱們就三成，不然以後這生意肯定做不下去。」

「那好吧。」

回到家，文遠已經睡著了，柳李氏坐在燈前縫補衣服，看著她進門，趕緊迎上去。「回來了？」

「娘，怎麼在這裡補衣服，不是說了對眼睛不好。」

「我在等妳，反正沒事就補一補……」

柳好好嘆口氣。這個時代沒有電燈不說，連煤油燈都沒有，農村人就用點動物的油脂煉一煉，然後放根繩子當燈芯。的確能照明，但是煙大且不亮，很傷眼睛。

「娘，以後別這樣了。」

「知道了，今天怎麼樣？」

「挺好的，這是我的錢。」說著把四百文拿出來。「我和大力叔他們說好了，他們家拿七成，咱們家拿三成。」

「嗯，行，妳看著辦。」

自從男人死了之後便沒有主心骨的柳李氏，徬徨了這麼久，現在終於找到了主心骨，那就是好好。別看好好年紀小，做事卻是認真有條理，而且每次都能辦成，讓她很信任。

夜裡，小雨再次飄落。

累了一天，柳好好想要賴床，不過看來有人不樂意。

大清早的，天色還有些陰沈，似乎還要繼續下雨，大虎就噠噠地跑過來。「好好，好好！」

「幹麼？」

「爹說今天想去村長家，然後收大家手中的東西。」

「去村長家？」

「對，讓村長在一邊主持著，這樣好說話。」

柳好好轉念一想就明白是怎麼回事了，點點頭。「那行，咱們一起去看看。」

兩個人衝到村長家，就見到柳大力和村長說話，村長一臉嚴肅，半晌又笑了起來。

「村長爺爺。」

村長的心情很好，見兩個小孩過來，慈愛地道：「聽說你們昨天去縣城賣東西了，怎麼樣，熱不熱鬧？」

「熱鬧！爺爺，大力叔想要把村裡人手中的山貨給收了去縣城賣，您看怎麼樣？」

「小妮子，故意的呢！」村長伸出手敲了敲她的腦袋。「這是好事，咱們村靠山，山上的東西不少，自家也吃不掉，去鎮上賣不值錢，去縣城不划算，現在大力願意把這些倒騰出去，也算是帶著村裡人賺錢。這麼好的事情，爺爺不會不答應的。」

「行，我這就讓村裡人過來。」

村長家不遠的地方有一棵樹，看上去有幾百年了，柳好好跟著村長走過去，抬起頭，心中不禁感慨。

「啊……」

老樹一聲喟嘆，傳到柳好好的耳中，她只覺得心情愉悅，湊上去抱著大樹幹。

噹……噹……

樹上拴著一個銅鈴，村長這麼一敲，整個村子都聽見了。很快，村裡人都慢慢的往這邊趕來。

「村長，是不是發生什麼事了？」

見人來得差不多了，村長笑了起來，看著大家開口道：「今天找你們來也沒有什麼事，就是大力家準備做點小生意，他有些想要帶著大家一起賺錢，老頭子我就出個面。」

「賺錢？賺什麼錢？」

村長也不出聲，讓這些人議論一會兒之後，笑著看了看柳大力。

柳大力見大家還在說，便提高了嗓門說道：「各位，咱們柳家村不是在山邊上麼？山上的東西都是好東西，可是大家也知道這些玩意不能放太長時間，不然就不好吃了，我就想著去賣掉。」

「賣？那太遠了不划算啊！」

村裡人其實都賣過，但是一來一回算上吃喝，其實並不划算。

「是這樣的，我在縣城賣了一次，覺得還不錯。現在只要你們手中有都給我，我負責去縣城賣，從裡面賺點差價，你們看怎麼樣？差價是肯定要賺的，不過你們放心，我按照鎮上的價格買你們的。王大嬸，你們家也偶爾去鎮上賣，知道什麼價格，您看我說的對不對。」

柳好好皺皺眉，嘆口氣。以她原本的想法，其實只要柳大力找幾個關係不錯的收購就好了，可是他偏偏堅持在全村裡收。

這一個村子五十多戶人家，可不是每家都好說話的，只怕到時候有的扯後腿。但是大力叔覺得能幫一把是一把，她也不會多說什麼。

「這方法公道。」

王大嬸笑咪咪的。她的確去過鎮上賣這些東西，換點錢，只是來回花費時間還帶不了多少貨，每次去也賣不了多少。現在柳大力要收，他們只要把東西送到大力家就可以了，拿的錢還是一樣的。

「不錯。」獵戶柳春也點點頭，這價錢的確公道。

柳春是村裡唯一的獵戶，因為臉上有傷痕，顯得特別凶，平日無人敢靠近。但是這人在打獵方面的確是好手，村裡人也知道他經常去城裡賣一些山貨。

「不過我還是有要求的，買家要我也不能以次充好，所以大家要是上山摘，希望選好的。」

柳好好沒有什麼興趣關注這邊，把心思都放在大柳樹身上。難怪這裡叫柳家村，這棵柳樹只怕也活好幾百年了。

「你好啊！」

「呵呵，小傢伙能聽懂我說話啊？」

「對啊對啊。」柳好好笑了笑，感覺到大樹身上傳來的濃濃生機，很是愉悅，摸了摸粗壯的樹幹。「真漂亮。」

「小傢伙真會說話。欸，這些人又在幹什麼呢？」

「商量怎麼賺錢。」

「喔，這樣啊……」老樹大概真的很多年了，聲音都是蒼老的，帶著歲月沈甸的滄桑。

「妳呢，在這幹什麼？我感覺到妳與其他人不一樣，讓我很舒服。小傢伙……那些小苗長得不錯，都是妳照顧的吧？」

「嗯，你知道？」

柳好好就這麼靠在大柳樹身上，有一下沒一下地聊著，直到人都走了，她才依依不捨地離開。

回去一瞧，果然自家的小苗已經長上來了，遠遠看去就像是一層淡淡的綠色，如雲霧一般。

時間過得很快，小秧苗也漸漸地長大了，有一指長，擠擠挨挨地在一起，迎風擺動。柳好好只要過去就會聽到這些小傢伙們吵吵嚷嚷的聲音，聒噪卻又熱鬧。

這個時候已經可以下地了，可柳好好的田地還沒有整，想了想，只好到柳大牛家去。

「大牛叔，馬上就要插秧苗了，我家的田地還沒有整，能不能幫我一下？」柳好好有些不好意思。「我給錢的。真的，我有錢。」她摸摸腦袋。「咱們家和大力叔合作，分了點錢。」

是的，在這十來天的時間，村裡人真的把東西都賣給柳大力，他去了醉春樓竟然賣得三十多兩銀子，去掉成本淨賺十二兩。而她分了三兩多，這是村人都知道的事情。

「妳啊，有點錢也不能亂花。」

「怎麼能說亂花錢呢？我請叔幫我犁地，這是應該的。」柳好好笑了笑。「不然我心裡可是不好受的。」

一次是情分，兩次三次就是過分了。

大牛笑了笑，反正就幾分地，二話不說下午就給她犁了，還順便幫她引水到田裡。

「呼……」柳好好看著整得平整的田，心中美美的。

「這丫頭真喜歡折騰。」有個小小的聲音從裡面傳出來。「最近雨水不錯，感覺很舒服。」

「是啊，不過我們需要更大的空間，現在怎麼辦？」

「放心吧，明天給你們換地方！」

「真的啊，好好、好好，我也要。」

「都有都有，你們要互相照顧啊，你們都是我的寶貝呢！」

小苗們開心極了，一陣風過來便拚命地晃動著。

回家之後，柳好好吃了飯，喝了碗湯，看著柳文遠無精打采的，伸出手摸了摸。「怎麼了？」

「姐，我覺得我好沒用啊，什麼事都幫不了。」他趴在桌子上。「妳看，小豆子他們都可以下地了，我還不行，天天在家待著，什麼事都不能做，我真的一點用都沒有啊。」說著，還惆悵地望著天。

柳好好被他逗笑了。她從柳李氏那裡得知，在懷文遠的時候，柳大郎夫妻曾經跑過來鬧了一通，結果讓她動了胎氣；家裡沒有錢，只好在床上養著，也不知道是不是這個原因，文遠早產，從小就是瘦瘦弱弱的。加上這一年生活更苦，他看上去根本不像七歲，和五歲的孩子差不多。

「等我一下。」柳好好跑回房間，回來時掏出幾本書。「這是我上次從縣城買的，特地問過用來啟蒙最好了，給你。」

「姐？」小傢伙的眼睛瞬間就亮了，可見對書本的喜愛，但很快又黯淡下去。「姐，我這樣看書沒用啊，我想和你們一起下地……」

「文遠，姐姐我也不會一輩子在地裡幹活，我是要做大生意的人。至於你，一看就是讀書的，咱們倆努力點，要讓娘過上好日子。我賺錢，你讀書，以後都要成為人上人，知道嗎？經商不如做官，姐姐不行還有你，等以後姐姐做生意你當官，我不就是可以橫著走了？」

「胡說什麼呢！」柳李氏沒好氣地說道：「就算當官也是好好做官，妳就更要奉公守法，什麼橫著走，教壞妳弟弟。」

「我就說說，說說。」

柳文遠的眼中越來越亮，像是想通了。「姐，我一定會努力的！」

小傢伙像是注入了動力，整個人精神都不一樣了。柳好好無奈地搖搖頭，沒想到這個小子竟然天天在琢磨這個呢，她也是忽略了他，以後該抽出點時間好好地陪陪弟弟了。

第二天一大早，柳好好和柳李氏起來了，兩人一個人鏟，一個人把秧苗連土放在簸箕上，然後挑到田裡。

「我去挑秧苗，妳一個人可以吧？」

「行。」

小秧苗不過只有一指長，十來斤的秧苗說起來也沒有多少，柳好好赤著腳踩在田裡。經過一夜的水，土已經非常軟綿，她以前只是進行花草培育，從來沒有試過在田裡這麼一腳一腳地踩下去，有些累，但也挺好玩的。

只是不一會兒，她就覺得不好玩了。這樣彎著腰實在是太累了。

不過這種小秧苗直接放在土上，不要飄走就可以了，她卻認真擺弄著，看得柳李氏無奈地笑了起來。

「隨意點，沒必要弄得這樣齊整。行了，我來吧，這麼點妳來弄的話，一天都完成不了。」

「一起一起，總是要學的。」

柳李氏見她堅持，也點點頭，彎著腰，拿起一大塊秧苗放在左手。「我也是第一次栽這麼小的苗，不過這樣的肯定不能插進去，不然會長進去拔不出來。輕輕放上去就好了，這水不深。」

然後，柳好好就見到她快速地把一整個連在一起的泥塊分成十來棵小秧苗一起，放在水裡，小秧苗就這麼端端正正地落在土上。

母女倆在忙著，偶爾有人經過打招呼，熟悉的也會問上兩句。

小秧苗們搬了家，最近幾天可高興了，整天哼哼唧唧地聊天，看得柳好好都有些無奈。

也因為這樣，這幾天也沒有什麼事，便準備跟著柳大力他們上縣城。

第十四章

「這麼多？」

「是啊。」柳大力樂呵呵的。這是這個月第二次上縣城了，上一次賺了不少，這次便決定多收點。

柳好好看著滿滿的幾籮筐的山貨，個個都是新鮮肥美，笑了笑。「叔，看來這次也會有個好價錢。」

「嗯，幸虧聽妳的，不收那些小的醜的，不然也賣不上這個價錢。」柳大力把籮筐固定住之後，憧憬地說道：「我覺得這趟回來之後，咱們也許可以買一頭牛。」

「也對，有了牛之後比較方便。叔，我和你們一起去縣城，我想買點東西。」

「行。」

現在，柳大力對柳好好可以說是完全配合，一邊的大虎也樂著有她同行。

「叔，你們去忙吧，我去買點東西。」

「行，遲了的話妳就到城門口等啊。」

「我知道了。」

柳好好揹著小背簍，第一時間來的就是賣花草山石的店，她默默將裡面的東西記下來之後，又打聽了哪裡是賣樹苗花草之類的。

「掌櫃的。」

「喲，你這小子又來了啊。怎麼，這次又想問什麼？」

這家掌櫃的好說話，柳好好也就厚著臉皮來打聽，聽掌櫃的好像還認識自己便笑了。

「有啊，就是想問問，有沒有什麼地方賣樹苗啊？」

「樹苗？」

「對啊，我想種點果樹。」柳好好抬起小臉。「我家裡沒有其他人，就想種點果樹弄點果子，到時候也給家裡面增添點收入。反正我家住在山腳，那裡比較適合。」

「小子倒是有眼光，找我就對了……」

掌櫃的對這個小傢伙挺感興趣的，看上去年紀小，膽子倒是很大，而且也是個喜歡草木的，肯定不錯。

「你說西街找邱掌櫃啊，謝謝了。」柳好好默記下來，對掌櫃的說道：「朱瑾花喜歡陽光，放在這裡容易脫落。這個時節可以多曬一曬，一天一次水，不能太多了……」

「真的？」

「對啊。還有，那盆的顏色有變化了，可以留下來，說不定成為新的變種呢。」

掌櫃的摸摸下巴，饒有興趣地看著柳好好。「小子，你叫什麼名字？」

「柳文近。」

「有沒有興趣到我店鋪來幹活？」
「不行呢，我得回家照顧娘和弟弟，家裡還有地……」
「真是遺憾。」掌櫃的好不容易發現一個比較擅長培育花草的，有招攬的意思，卻這麼遺憾。「看你這麼懂，我給你點種子吧。」
「這是……虞美人？」
「不錯啊，這都認識。這花很漂亮，可惜我也只有兩盆，弄了點種子都沒養出來。看你這麼懂的分上就送你吧，不過先說好了，要是養活了，你得給我一盆。」
「沒問題！」
沒想到竟然有這樣的運氣，柳好好樂呵呵地出門了，然後直奔向書鋪，挑挑揀揀，找了幾本民間小說。想到文遠，又買了《千字文》、《弟子規》，當然四書五經什麼的現在還不適合。
下一站，她就直接往集市走去。看著琳琅滿目的東西，想了想先去了中藥鋪子。以前她就聽說了，很多配料都是當做中藥使用的。
八角、胡椒、肉桂……這些都是好東西呢。
「小娃娃，這些都是中藥啊，你是治什麼病啊，怎麼買的不對啊？」
柳好好可不敢說是為了煮菜，只好乾笑道：「沒什麼，大夫就開了這幾味藥，我也不知道啊！」說完，抱著就跑了。

然後她又開始買菜。

「這豬肝怎麼賣？」

「豬肝？」賣肉的看著他，小小個子穿著破舊的衣服，便笑了笑。「三文錢一斤。」

好便宜！「那我要一斤，再給我二斤腿骨，還有一個豬肚子……」

在這個時代最貴的便是五花肉，然後是瘦肉，後面便是內臟。至於骨頭，對於他們來說都是不能吃的。但作為後世來的人，柳好好怎麼可能放棄這麼好的撿便宜機會，自然花最少的錢買了最多的東西。

「老闆啊，你看我買了這麼多，這個大腸能不能給我呢？當添頭怎麼樣？」

壯實的殺豬漢子笑了笑，一看就知道這小子沒錢，反正大腸拿回去都是扔，還不如給這個小子。

「行，拿去吧。」

柳好好的小背簍很快就滿了，本來還想買點布回去給娘和文遠做兩身衣服，看這樣子還是算了，就算有錢也不能一下子拿出來，被人盯上可就不好了。

「好好，買好了嗎？」

大虎跑過來，幾個籮筐已經空了，看著父子倆臉上的笑容，她也覺得開心。

「賣得不錯啊？」

「對啊，這次的貨價錢好，價錢又上去了點。」柳大力笑了。「而且還有不少人在打聽咱們的山貨，好幾個都有想法呢。」

「叔，別擔心，到時候可以先和別人定下量，他們要多少你收多少，損失就會小很多。」

「對啊，我怎麼沒想到！」

「那肯定是因為你沒有好好聽明啊。」大虎小聲嘀咕著，被柳大力聽到了，哭笑不得。

「反正那些人還沒有決定，咱們下次來再說啊。」她把背簍放在牛車上。「天色不早了，咱們回去吧。」

柳大力他們一回家就遇到了三叔公父子倆，他們見他臉上的笑容便樂呵呵地問道：「大力啊，今天都賣完了？最近生意不錯，也虧得你，咱們這村以後有條出路了。」

三叔公的兒子柳青是四十多歲，扛著鋤頭，看樣子是準備下地。「對了，咱們家今天抓了兩隻野雞，能賣不？」

「可以啊。」

「那行，我先養著吧，等你下次去的時候幫我賣了，能賺一點是一點。」

「行啊，只要你不怕把野雞餵瘦了啊。」柳大力打趣道：「叔，這東西慢慢來，抓到野雞就給孩子補補，山上這玩意多著呢，說不定下次能抓到一頭野豬啥的，比野雞值錢多了。」

「也對。」柳青笑了起來，看到柳好好坐在車上。「好好這孩子越看越精神了。」

「是啊，這日子有個奔頭，人也就精神了。」

幾個人打完招呼就分開了，等到柳大力他們走遠了之後，柳青笑著道：「這柳大力這麼憨厚的傢伙，竟然能找到這條路子，讓人吃驚呢！」

「嗯，能想到村裡人也算是個好的。」

「那是，上次我也賺了點，想想以後都這樣的話也不錯。」畢竟只靠田裡面的東西還是少了點，而且柳家村因為靠山，田地並不多，幾十戶人家也就這麼點的地，就算開荒也折騰不出來什麼。家家戶戶都在為賺錢想破了腦袋，現在終於有路子，自然是開心了。

而柳好好一回到家，便把所有的東西都拿出來。

「姐，這是給我的？」

「是啊，拿去吧，不懂的就要問，知道不？」柳好好摸摸他的腦袋。這些書她也看過，雖然背不下來但是字還是認識的，而且裡面說的道理自己也明白，教教這個小傢伙應該不成問題。

當然，想要考舉人，那得找正規的學院了。

「謝謝姐姐，我一定會考上的。」

「看看就好了，喜歡就多看點，要是不行也不勉強。」她不希望自己的弟弟變成書呆子。

柳文遠笑了笑。「怎麼會呢，我覺得挺好的啊，很簡單。」

不會吧，難不成這小豆芽菜是個學霸？

「厲害。今晚姐姐做好吃的給你。」

「是什麼？」

「竹筍燒大腸，炒豬肚和腿骨湯，這豬肝留著明天燒。」

「大腸？是不是豬肚子裡面的？還有這豬肚能吃嗎？髒不髒啊……」柳文遠聽到這些感覺渾身都炸開了，這些東西怎麼聽著都覺得怪怪的。

柳好好伸出手捏了捏他的小臉。「小東西，姐姐保證非常好吃，你要是不吃，我就給大虎二虎吃了啊。」

「不行不行！」柳文遠趕緊抱著她。「不行，姐姐做給我吃的，才不給大虎二虎吃呢！哼！」

小傢伙現在可會護食了，只要是姐姐的誰都不能碰，讓柳好好哭笑不得。柳李氏站在一邊把東西拿出來。「好好啊，這些都是什麼啊？」

「娘，看我的手藝吧。」

說著，她把食材拿到廚房，捲起袖子準備大幹一場。

首先把豬肚洗乾淨，柳好好怕他們吃不習慣，便洗了好幾次再把豬肚切成菱形，又把胡蘿蔔、圓蔥、尖椒切片，放在一邊。

鍋裡放油，燒熱後把各種蔬菜片扔進去炒，刺啦一聲，她覺得心情都變好了。很快地香味就傳出來，站在門口的柳文遠只覺得口水都要流下來了。

之後再把熟豬肚倒入鍋中，翻炒幾下並調味。不過沒有胡椒粉，真是遺憾。但依然是一盆色香味俱全的炒豬肚。

接著便是竹筍燒大腸了。

她先把肥腸切小段，竹筍切片，青椒切絲。油鍋燒熱之後加蔥薑蒜辣椒煸炒，聞到香味時倒入肥腸，見肥腸變色加清水跟調味，再倒入竹筍，燉煮二十分鐘加青椒。可惜現在沒有蒜苗，不然的話放點進去更好吃。

之後腿骨湯就沒有什麼特別的了，放點蔥白、加點生薑，熬到乳白色便可以吃了。

「姐姐，好香啊！」

這頓飯吃得一家人停不下來，文遠只覺得自己被姐姐這樣疼著，簡直都要飛上天了。

秧苗下地之後，柳好好的心思都在上面，按照需求開始施肥。這個時候沒有化肥，她只能忍著臭把農家肥給悶熟再撒到田裡面。

隨著時間推移，小秧苗越來越大了，看著葉子長到四個，便知道可以移栽了。

「又要整地啊，妳這田多得有些麻煩呢！」

柳大力家的田已經種好了，最近粟米苗長得很好，家裡人偶爾去鋤鋤地也就沒有什麼事了。見柳好好十來斤的秧苗這麼折騰有些不解，便開口問了起來。

「是啊，這不是看看能不能多產出點嗎？」柳好好發現這些秧苗當中有些不一樣，心裡已經有想法了。

「怎麼了，妳這是想要幹麼，提高產量？」柳大力吃驚地看著她。「好好不是說笑吧？」

自古以來，他們都是靠天收成的，一畝地產出來的糧食都是固定的，怎麼可能會變多？柳大力嘆口氣。「好好啊，別折騰了，和叔一起賣山貨，也比這個靠譜啊。」

「叔，我只是試看看。」

柳好好笑了笑，依然盡心盡力培養自己的秧苗，為了白米飯拚了。

柳大力無奈，只好幫她把地給整好，讓大虎和二虎幫忙把秧苗插上。不過柳好好根據自己的記錄把秧苗分成了幾塊，這讓兩個人有些不解。

「這幹麼呢？」

「秘密。」

她發現秧苗的確有不一樣的地方，而且這些小傢伙也說了自己的不同之處。為了驗證，必須分開才好記錄，她的白米飯可不能就這麼失敗了。

「好了！」

看著自己分出來的試驗田，她終於明白為什麼能夠提高產量的農業專家們都是那麼受人尊重。這不僅僅要學識還要體力啊，簡直就是最辛苦的工作了。

忙完之後，柳好好又去看了自己的幾棵花草。

「喂，讓你們照顧虞美人，有沒有做到啊？」

「哼，我們怎麼照顧啊，我們就是花花草草，動不了。」

「就是啊，什麼虞美人，什麼名字啊，長出來亂糟糟的這麼醜！」

看來這兩棵蘭花對於有人搶了自己的地位很不滿意，說話都有些酸溜溜的，讓柳好好都無語地抽搐著嘴角，翻了一個白眼，乾脆問旁邊的紫菱草。

「小傢伙很好的，不過估計兩天就要冒芽了。」

「還是你最乖。對了，說好的花盆。」柳好好跑回去抱出一個陶盆，上面還有簡單的蘭花圖樣和幾個字。她蹲下來問道：「小紫啊，喜歡這個嗎？」

「喜歡……」

「憑什麼啊，這花盆上是我們的樣子，為啥給它！」

「好好，妳偏心！」

柳好好的腦袋被吵得嗡嗡響，實在是沒有辦法。「我要帶小紫上縣城找買家啊。」

「買家？」

「對啊，看誰喜歡小紫啊。」

小紫猶豫地問道：「那妳不喜歡我了嗎？」

「怎麼會？可這世上很多人喜歡花草，他們會把你們照顧得很好，我的能力沒有辦法養你們啊。」柳好好也有些無奈。「放心吧，只要你們不喜歡，我也不會賣掉你們。」

「喔。」小紫大概還有些捨不得，不過是個乖巧的，沒有反對。

「乖啊，你們放心，以後我給你們找最好的買家，他們肯定會照顧你們的。」柳好好說著心情也不是很好。上次那個人參說了，並不是所有的植物都會說話，能說話的都是有靈性的。想了想，她嘆口氣道：「算了，你們還是留在我身邊吧，幫我照顧其他的花花草草。」

第十五章

「哼，這還差不多。」

「告訴妳啊，要是真遇到了好買家，就讓我走啊，天天跟著妳可窮了，哼！」嘴硬心軟的小東西！柳好好伸出手輕輕地碰了碰。「行啊，等你開出花來咱們再說。一天到晚說自己最好看了，別開不出花啊，到時候誰要你！」

「老大，罵她，欺負我們呢！」

兩個蘭草一點都不像古人詩文中寫的那種什麼「空谷幽蘭，氣質若空」，簡直聒噪得和麻雀似的，也真的不知道一棵花怎麼就變成這樣。柳好好甚至懷疑，這兩棵是不是在大山裡面待久了，變成了話癆。

「好好，」大虎從家裡鑽出來，跑過來掏出一個東西。「給妳的。」

「什麼？」

她打開一看，竟然是個小荷包，色彩很漂亮，手工也很精緻。

大虎的臉有些紅，柳好好看了一眼，突然笑道：「送我這個幹什麼啊？怎麼著，小屁孩有什麼心思呢？」

「誰……誰說的！」

大虎有些結巴。他跟著他爹去賣了幾次，然後手中攢了些銅板，上次見到有個女人賣荷包的，他覺得好看就買了一個給她。五文錢不算貴，他還是能買得起的。

「多少錢？」

「我……我送妳的。」

大虎有些不好意思。十五、六歲的孩子了，也是情竇初開的年紀。但在這個時代，十五、六歲都可以結婚了……想一想，她覺得頭都疼了，這荷包看來還不能收。

「幹什麼！」

柳文遠蹭地從房間裡竄出來，目光不善地盯著柳大虎，見到那個漂亮的小荷包，眼圈都紅了。「你幹什麼，你給我姐姐這個荷包什麼意思?!」

「我就是覺得好看，所以……」

「好看？我們自己可以買，不要你給！」說著，柳文遠就要把荷包搶過來扔掉。

「文遠！」

文遠就像是被侵犯了領地的小獅子似的，一臉不悅。

「沒禮貌，書都讀到哪裡去了！」

「可是……」

「好了。」柳好好見他都快要哭了，趕緊走過去抓著弟弟的手把荷包拿過來看了看。

「挺漂亮的。大虎，多少錢？我把錢給你。」

「不……」

「大虎，我不能隨便要你的東西。多少錢？我買了，還有，謝謝你。」

大虎看著她認真的模樣，心裡其實挺不好受的，卻只得點點頭。「五文錢。」

「我給。」

柳文遠噠噠噠地跑回去，從枕頭下面掏出一個灰撲撲的小錢袋，然後數了五文錢之後又跑回來，把錢往大虎的手裡一塞。

「我送給姐姐的！」

柳好好沒想到她偶爾給文遠的零錢都被收起來了，總共不超過十文，小傢伙竟然拿出來買荷包送給她，感動得唏哩嘩啦的。

但大虎無精打采的，看上去受了很大的打擊。柳好好只當做什麼都不知道，反正大虎明天就會活蹦亂跳起來，她不擔心。

「好了，還生氣呢。再說了你氣什麼啊。」大虎走了，可是文遠還是一臉戒備地盯著他的背影。

「姐姐。」文遠回頭就把她抱著，委屈極了。

這是怎麼了？可是他怎麼都不肯說。柳好好無奈地安慰了幾句之後，便決定去村長家討論自己的下一個計劃。

「什麼，妳要承包山？」

「對啊，就那邊，離我家最近的那一片，上面啥都沒有，我想承包。」柳好好認真道：「我想栽點果樹什麼的。」

「果樹？」

她可不好意思說自己準備養一些花草樹木，畢竟這讓村裡人知道肯定會覺得她在浪費錢，折騰一些有的沒的。

「好好啊，咱們村祖祖輩輩都靠山吃飯，但是包山頭還真的沒有過，妳確定？」

「嗯，村長爺爺是擔心我有沒有錢吧？」

老頭子也不矯情，點點頭。「是啊，就算山再便宜，也是不少錢呢。」

柳好好想了想。「村長爺爺，我和大力叔他們一起賣山貨，存了不少錢。當然肯定是不夠的，所以我想著先賒欠一部分。」她手中有錢，但是不能全部用來包山頭，她得找買家，最好還要有個鋪子，還要雇人……想一想都覺得頭大。

「賒欠？」

「是這樣的，我想簽訂二十年。」柳好好認真地說道：「這二十年山地的使用權是我的，山上所有的東西都是我的。」

「這……」

「村長爺爺，我可以付五成的定錢，在兩年內把剩餘的給付清。如果違約的話……我把家裡的五畝地還有房子都給村裡。」

「好好，這可不是開玩笑！」

家裡的五畝地可是二郎留給他們唯一的財產了，現在還把房子給抵押上，這要是賺不回來，那是什麼都沒有了。

「村長爺爺，我知道這很危險，但是我也不想一輩子就這麼窮下去，會好的。」柳好好信心十足。「有點錢才有底氣，不能總是被人欺負啊。」

村長若有所思地看著她，知道她對柳大郎之前的逼迫很在意，估計小丫頭心裡對他們還有不滿，也就什麼都不說了。

「既然想好了，我也就不說什麼了。不過這份契約我還要和其他人商量一下，畢竟以前也沒有過。」

「行。」她點頭，事情總是要一步一步來。

和村長商量好了之後，她回到家就發現柳李氏一臉無奈。

「怎麼了？」

「文遠在房間裡就是不願意出來呢。」

「啊，小傢伙被人欺負了？」柳好好不高興了，自家的弟弟怎麼可以被人欺負呢？

「不知道，一回來就鑽到房間裡，怎麼都不願意出來，也不說話。」

柳好好想了想，難不成是因為大虎的荷包？

這個破房子有兩間房，平時文遠和娘睡，她一個姑娘家睡一間。她一走進去，就見到小傢伙窩在床上，動也不動。

「讓我猜猜，我們家文遠怎麼了？肯定是書讀不好，怕姐姐生氣呢。」

柳文遠一下子翻起身抱著她。「我就是……就是……害怕姐姐不要我了……我知道這樣做不對，可我不想姐姐離開，又覺得姐姐應該找個好人家。」

「小東西，你才幾歲啊，就想這麼多。」柳好好無奈地摸摸他的腦袋。「咱們家這樣的情況，能找個什麼好人家啊？想要找好人家的前提是自己也不錯。好了，書看完了沒有？看懂了沒有？有時間在這裡胡思亂想，還不如把書多看看，姐姐還準備下半年就送你去讀書。」

柳文遠的腦門被敲了一下，有些疼，卻開心地笑了起來。「嗯，我會好好看書的。」哄好了弟弟，柳好好便把自己的打算和娘說了。

「妳說把咱們家的地還有房子全部抵押了？」柳李氏覺得自己的腦袋有點暈，這孩子到底要幹什麼，這不是在胡鬧麼？

「娘信我嗎？」

這不是信不信的問題，而是從來沒有人這麼做過，她不敢想像若是失敗了怎麼辦？而且種果樹，要是賣不掉又怎麼辦？

「娘，我去縣城看了，其實很多有錢人家喜歡修建花園，需要的樹木和花草很多，咱們可以賣這個。」

「啊？」

「山上的樹木很多，我都保留著，然後再養一些花花草草的，到時候在鳳城縣弄一個鋪子，銷量一定很好的。」

柳李氏不懂這些，自然也不明白這其中的艱難，聽著柳好好說得這麼簡單也以為很輕鬆。雖然還是有點擔心，但是看著女兒認真的模樣，只嘆口氣道：「妳既然都決定了，還問我幹什麼？」

「娘啊，我這不是也需要支援嗎？」

「妳啊！」柳李氏想了想，家裡除了賣人參的錢和上次意外得到的，算了算還有不少，拿著這些錢到時候再弄點下等田還是可以的。

農村人總覺得有田就有未來。

柳好好知道她的想法，這也是為什麼當初要把錢分一部分出來，這樣柳李氏手中有點錢，心中也安定一些。

既然已經決定了，柳好好就沒有給自己退路。

兩天之後，村長說可以簽訂文書，她二話不說帶著銀子去了村長家。這件事很快也傳出去了，村長家也被人給圍住，不過大部分都是閒得沒事幹來湊熱鬧的。

「這兩個山頭既然妳想包，我們要去量一量。一畝地我們二十年一兩銀子，妳覺得怎麼樣？」

柳好好在心裡默默地計算了一下，那兩個山頭大概有五百畝，這麼算的話，二十年的租金約五百兩，五成就要二百多兩銀子。

「嗯，可以。」

「妳真想好了？」這時，輩分最大的三叔公開口。他拿著楊棍敲了敲地面，神色很嚴肅。「這不是小錢。」

「我知道，所以我找人借了錢。」

突然，柳大郎撥開人群，一臉陰沈地走進去，見柳好好站在那裡，狠狠地瞪了一眼。

「我不同意！」

村長掀起眼皮問道：「怎麼說？」

「這好好才多大啊，這麼多的錢從什麼地方來的，她說借的，誰信？一個小孩子誰願意借這麼多錢給她，而且就算有這麼多的錢，她一個孩子怎麼能夠這麼做？她娘不管，我做大伯的不能不管！」

柳好好簡直就氣笑了。「大伯的意思是怎麼做呢？」

「好好，妳還小，這些錢留著能有很大用處。妳把錢拿出來，大伯幫妳打理，先送文遠去學堂，再給妳找個好人家，剩下的錢在鎮上弄個鋪子賣點山貨，這才是長久之道。」

柳好好輕笑一聲，看著柳大郎義正詞嚴的臉，簡直就要嘔吐了。

「大伯聰明，但是我也不蠢。」柳好好冷冷看著他。「而且我說了，我們兩家可是兩清了，你若是再打咱們家的主意，可別怪我翻臉。」

她懶得搭理他們。「村長爺爺，我們現在就可以去丈量了。」

「我說了不行！」

「憑什麼？」

「憑妳爹死了，咱們柳家人只有我說的算，我是長輩。」

「不是早就分家了嗎？」她嗤笑一聲。「我們吃不上飯的時候，沒有見到你過來說是長輩給我們一口飯吃，還要把我賣給那個什麼王家。現在我們有錢了，就給我擺長輩的譜，逗我呢！」柳好好斜著眼睛掃了一眼，然後恭敬地轉過頭。「三叔公，村長爺爺，還請你們做主。」

村長也有些糾結，說實話這麼大一筆錢，一個孩子拿出來實在是不妥當。

三叔公掀起眼皮，見柳好好眼中的肯定和自信，再看看柳大郎夫妻的急切和貪婪，低聲道：「按照好好說的，這也算咱們村子的事情了。」

「村長！」

「大郎，當初好好把牛還給你們的時候，早已經說清楚了，他們家的事自然有柳李氏決定的，你們無權越過去。」

「可是，我是……」

「分家了。」村長淡淡道：「若是按輩分，我還是你長輩，怎麼我說話都不管用了？」

柳大郎頓時沒了聲音，看著周圍人的臉色，氣得臉色一白就走了。王翠花也陰陽怪氣地說道：「果然是有了錢翅膀就硬了，我倒要看看你們有什麼本事。一個丫頭片子！」

撇下村裡人，村長帶著柳好好來到山邊，看著兩個不算高的山頭，讓人丈量了一下。

「一共是六百八十五畝，妳確定要這麼多？」

六百八十五畝地是六百五十兩銀子，五成那就是三百二十五兩。當初她賣人參一共是五百兩，給娘的加起來有二百兩；之後那個神秘人給了三百兩，她留下來買了一些東西，還剩二百九十多兩銀子，再加上這段時間賣山貨賺了有十幾兩……

「可以。」

「先給三百兩吧，第一年再付一百兩，五年內全部還清。」村長算著。「如果五年內不能把尾款給我的話，山要收回來，包括山上所有的東西，不管是不是妳買來的，都給村裡。包括你們家的田和房子。」

之後他們就去了縣衙，把這個文書遞上去，蓋了印一式三份。村長一份，柳好好一份，另一份放在縣衙之中。

兩人回去之後，柳好好就開始規劃，準備著兩個山頭該種些什麼，然後又記錄水稻生長，聽著它們的需求仔細分辨水稻的變種，又照顧幾棵花花草草，這麼一忙就到了五月底。

「什麼，妳準備請人？」柳李氏詫異地看著女兒，然後看著自家後面那承包下來的山。

「妳確定？」

「嗯，光靠我們是忙不完的。」柳好好認真說道：「我需要把山上的雜草除掉，然後翻地，該挖坑的地方就要挖坑，還要進樹苗……這些事忙不過來。」

「可是……」

「娘，沒事的，最近和大力叔又賺了不少銀子，不要擔心。」柳好好笑咪咪的。「我已經聯絡了賣樹苗的，現在時間已經不早了，再不種上這一年就浪費了，我可是簽了文書。」

柳李氏一聽，心情複雜地看著她。「欸，也不知道答應妳是對還是錯。」

「娘放心，一定會讓妳舒舒服服當老夫人的。」

「對，以後我也會努力考上狀元，做大官，然後給娘爭個誥命，讓姐姐嫁個好人，最好是大將軍王爺這樣的！」

「呵，口氣倒是不小。」

柳好好摸摸弟弟的腦袋，認真問道：「我準備請人，娘覺得村裡人哪些幹活認真、人品信得過？」

第十六章

柳李氏想了想。「妳大力叔家、大牛叔、村西邊的柳春，還有太叔公家的幾個兒子孫子，都是幹活的好手，人也忠厚，絕對不會占便宜。只不過都是一個村子的人，妳請這個不請那個肯定會很麻煩的。」

柳好好點頭。「我知道了。」說著就去了村長家。

「好好，怎麼今天有時間過來啊？」

「村長爺爺，」柳好好笑咪咪的。「我有事要求您幫忙。」

「什麼事？」

「爺爺，我這山上的草什麼的都要除，想要請村裡的人幫忙，當然我是給工錢的。」

「給工錢？」

「嗯，我在鎮上調查了一下，一般鋪子一個月給二錢銀子，我每天給十文錢，中午包一餐，您看怎麼樣？」

於是，今天柳家村的人再次集合到村口的那棵老柳樹下

「好好想請人幹活，需要五十個人左右。最近田裡的事情不多，所以呢大家可以抽出時間——」

還沒說完，就有人笑起來。「就算不多，這田裡的活也不少啊，誰還有時間幫她？」

「就是啊。」

「再說了，咱們現在有時間還要去山上呢，大力這邊的貨可不能斷了。」

的確，這段時間跟著柳大力還真的賺了一筆錢，多的好幾兩，少的也有幾百文，誰捨得啊。

「一天十文和中午一頓。」

「什麼，還有錢？」

「十文錢一天啊，這樣一個月的話就三百文……」有人開始算帳了。「中午還包吃，一頓飯也能省個幾文錢下來，相對於去鎮上打工，這個活似乎挺不錯的。

「村長，要幹什麼啊，就是去幫她除草整地挖坑嗎？」

「對。」

「那我去！」

不管怎麼說，家裡的孩子比較多，不可能離開太遠，相對於偶爾去鎮上賺點生活的人，其實更多的是在家裡的幾畝地裡面弄點收入，現在有這麼個機會額外賺點錢，大家還是非常高興的。

「真的嗎？可不能騙我們！」

「不會，這份工我來監工，你們要是偷奸耍滑那就失去這份工，到時候可別怪我不給面子。」

眾人面面相覷，但還是點頭下來。

「怎麼會，好好讓我們有這個活幹已經很好了，誰要是偷奸耍滑，我一定不會放過他的！」開口的是村子裡面最壯實的男人，說話嗓門大，長得黝黑，十分有威懾力，只是這個人淳樸，倒是沒有什麼人害怕。

「嘿嘿，就是，咱們這些人也不是貪圖便宜的人。」

「對對，十文錢也不少了。」

一旁的柳大郎見這麼多人都願意幹活，臉色不是很好。自己也想參與進去，可是想到這個工竟然是柳好好給的，那豈不是自己要給姪女打工？他可是大伯，怎麼能降了身分？

「大郎，你不幹嗎？」

「再多的錢也不幹！」

說著，柳大郎甩手就離開了。

村長掀起眼皮看著村裡的這些人。幹了這麼多年的村長，這村裡到底是什麼樣的人，自然是知道的。這柳大郎也好，李三、王大全也好，都是村裡最喜歡偷奸耍滑之輩，好吃懶做又喜歡占便宜，這次根本不是為了幹活賺錢，肯定是為了占點小便宜。

不過就像柳好好說的，剛開始若是選擇誰不選擇誰的話，肯定很多人會不滿意，到時候要是找麻煩就不好了。

「好了，這裡一共五十八個人，還有找四個女人做飯，每天也給五文錢。」

「我！我去！」

這時，柳大郎家的媳婦快速衝過來。「我去。」

「大郎家的，妳家那口子可是說了，不管怎麼樣都不會幹活的，怎麼妳這麼激動呢。」有人笑起來。這個機會也算是不錯的了，作為一個女人還能給家裡面額外貼補五文錢，那可是好事。

「笑什麼笑，你們這群看熱鬧的，好好是誰啊，是咱們家的姪女，她的事就是我的事。告訴你們別想要占便宜，做不好就給我滾蛋！」

「喲，還耍起威風來了。」有人大笑出聲，但是大家心裡也覺得理所應當。雖然之前鬧得不愉快，但是打碎骨還連著筋呢，他們柳家兩房說不定會好起來呢。

所以哪怕是看不順眼，假如到時候兩家人關係好了，大郎家的和柳好好說上幾句，他們豈不是沒有工了？

「還有我。」柳大力家的也報了名，一會兒的功夫就湊齊了四個人。

村長看了看名單點點頭。「行，今天就這樣，明天開始吧。」說完，帶著名單就走了。

約定的是卯時，第二天村長就帶著名單，早早地等在山腳，旁邊是大兒子柳一龍。

「爹，這好好哪來這麼多錢啊？才多長時間內，就算跟著柳大力去倒賣山貨，也不可能在這麼短的時間裡弄到這麼多銀子。」

「別說了，好好在私底下已經說了，她第一次上山待了好幾天，運氣好挖出來一棵人參，之後又遇到了貴人，價錢賣得不錯，一直藏著掖著呢。」

「不會吧，運氣這麼好？」

「行了，有運氣是好事，大概也是老天爺實在是看不下去了，欸……」

柳一龍想著自從二郎死了之後他們家的情況，默默地把所有的懷疑都拋到腦後。

「好了，人都到齊了。」村長看著站著的人，雙手背在身後，慢悠悠地說道：「看到這一片山地了嗎？大樹不要動，把小樹苗給挖出來，然後其他的雜草什麼的就不要了。」

「村長，這是幹麼呢？」

「別問幹什麼，老老實實的幹活！」村長眼睛一瞪，眾村民也就不敢說話了，這可是第一天呢，要是搞不好，村長把他們趕走就不好了。

「聽到了嗎？十個人一組，你們自己分工，該挖樹苗的挖樹苗，該整地的整地，該除草的除草。」村長吩咐道，然後晃了晃手中的小竹片。「看著啊，這裡都是你們的名字，偷懶一次畫一個槓，十個就給我滾蛋！」

「知道了！」

柳好好今天沒有過來，把所有的事情都交給了村長之後，自己反而早早地去了縣城，找到了那家花草店的趙掌櫃。

「掌櫃大叔。」

趙掌櫃看到這個小子又來了，笑了起來。「怎麼了？」

「上次和您說過了，我想買點果樹回去。」

「行，可這個時節說實話，人家不一定賣給你啊。」

「沒關係，我就去看看，大不了買點小一些的。」柳好好並不介意，剛開始她想要養一些高檔的花草賺錢當創業資金，山上的還是需要慢慢來。

趙掌櫃挺喜歡這個小子的，雖然年紀看上去不大，但是說話做事穩重，對花草也有些獨特的見地，現在想要買點樹，他也樂意幫一把。

「走吧，離這不遠。」

柳好好跟著趙掌櫃租了一輛馬車，一個多時辰之後便來到了鄉下。

「趙老闆。」

「長春啊，好久不見呢。」趙掌櫃的態度表明了二人關係是非常好的，寒暄幾句之後，他把柳好好讓到前面。「這個小傢伙呢家裡有山，想要種點果樹什麼的，有沒有好推薦的？」

「啊，這麼小啊？」

「叔，這就不對了，我是小，但是也有雄心壯志的。」說著柳好好還驕傲地挺起胸口，看得幾個人樂呵呵地笑了起來。

「得，人小鬼大，有志氣好。」

幾個人於是說說笑笑的，柳好好跟在他們身後聽著，默默地記下來。

「你說，這次汴梁城那邊有花卉展？」

「對啊。」長春笑了笑。「你也知道，每三年要舉行一次，以前都是在四、五月這樣，今年因為出了點意外，便放在了八月。」

「可是八月也沒有什麼好的花啊！」

「所以，這就更考驗人了，很多人卯足了勁想要過去呢，你也知道這可是個機會。」長春笑了笑。「咱們這小地方沒有什麼珍奇的玩意，不過我得到一個名額，到時候準備把咱這花圃最好的帶過去，就算選不上，見見世面也是好的。」

「叔，你們在說什麼？」

「喔，說今年的百花節。」

「什麼百花節啊？」柳好好睜著一雙大眼睛問道。這段時間吃好喝好心情好，原本乾癟的小臉也漸漸地長出一點肉，再加上人有精神了，那雙大大的眼睛不再是無神，而是黑亮黑亮的，特別好看。

被這樣一雙眼睛盯著，兩個大人自然是沒有辦法抗拒。

「百花節啊！咱們大慶朝呢這麼多年都有個風俗，每三年舉行一次。全國各地種植花草的人都可以參加，只要帶著你最喜歡的花草，想想看那真的是……」長春笑著。「而且啊，朝堂之上會有人過來主持的，若是看中了，那你就祖上顯靈了。不管有沒有錢，那是送到宮裡的，是給王上的，那榮耀可是幾輩子修來的呢。而且被宮裡人看上說明你手藝好啊，那以後生意肯定是源源不斷……」

趙老闆也呵呵笑道：「的確啊，就算看不上，到時候很多的買家賣家都聚集在一起，還有愛花之人，那熱鬧可真是讓人流連忘返啊。」

柳好好一聽，覺得這可是一個機會。不過首先她需要一個與眾不同的花。

「小傢伙，你在想什麼？」

「我手上也有花草啊，想去見見世面。」柳好好毫不避諱地說道：「不過我一個小孩子，自己也去不了。長春叔……」

說著，那雙大眼睛眨啊眨的，眨得長春都沒有辦法拒絕了。

「行吧，你這孩子我一見到就喜歡，你去見見世面也行。看你這個樣子也想走這條路，叔也不是個心胸狹隘的，能幫你一把是一把。」

畢竟是小孩子，長春默默地嘆口氣。「好了，到了。」

柳好好抬頭看過去，不由得詫異了一下，畢竟在她的印象中，總覺得這個時代的人即使養花養草估計也就是小打小鬧，並不是很重視。因為很多大家族有自己的花匠，皇宮就更不要說了。至於窮苦人家只怕從野地裡挖上一、兩棵來裝飾就不錯了，誰有閒工夫拾掇花花草草？

可是面前整齊的花圃，各種小樹苗參差不齊在一起，迎風飄搖，竟然讓她彷彿回到了之前……

「怎麼樣，是不是大開眼界？長春可是附近幾個鄉鎮和縣城最大的苗木供應商了。」趙老闆見她這麼吃驚。「看看吧。」

「原來這樣啊。」

「是啊，只不過看這個樣子，以後有人和我搶生意了。」

柳好好臉一紅，支支吾吾說道：「我……還早呢，再說了做生意哪有這麼簡單的。」

長春倒是不在意，輕輕地拍拍她的腦袋。「行了，就像你說的還不知道什麼時候呢，再說了普通的苗木根本不賺錢，別看我這地方挺大的，其實賺不了多少。」說著，眉眼間帶了幾分憂愁。

「怎麼了？」

「你長春叔這些年的心思都在這上面了，家裡也忽視了不少，所以幾個孩子都特別討厭這個……你叔很有可能不想幹了。」趙掌櫃小聲道：「可是他啊天生愛這些，現在捨不得呢，之前就拜託我看看有沒有人能夠吃下這麼多，不過首先第一個條件就是必須喜歡花草，用心照顧，不然不肯。」

「長春叔啊，你這裡的東西都很好啊，但可惜我拿不下來。」柳好好笑得特別軟萌。

「我先去看看了。」

「好，去吧。」

她在這裡轉了一圈，有些累。的確是挺大的地方，但是沒有想像中的那麼大。現在才發現這裡的樹苗種類不多，也就十來種，還是最普通的；花草的種類大概十幾種，也是常見的。

不過她可以肯定，以對方做生意這麼多年，手中不可能一、兩棵奇珍異草都沒有，只是這樣的花草一般都是鎮店之寶，不會輕易拿出來。

「叔。」跑了一圈，柳好好臉上都是汗，她抬頭看著他們。「我想要一些桃樹、李樹、梨樹、松樹、榆樹、垂柳……」

「這麼多？」

「嗯，還有杜鵑、海棠、丁香、臘梅、梅花……」

「等等！」長春看著她。「孩子你知道自己在說什麼嗎？」

柳好好一愣，突然有些不好意思。「叔，我一時激動，忘記問價錢。我先看看手中有多少錢，然後再看看定哪些……」說著臉都紅了。

「文近啊，我聽老趙說你是準備種果樹的。」

「嘿嘿，對啊，剛開始我的確是想種點果樹，但是現在見您這裡這麼多好東西，心癢難耐就想著都要弄一些回去……畢竟以後光種果樹，也不一定能賺錢。」

長春想了想。「行，既然你想要這麼多，我可以幫你看。但是這樹苗的年分不一樣，價錢也不一樣。而且我也不能保證每一棵都能活下來，還有每一種都有條件的，你全部栽在一起的話……」

柳好好虛心聽著他給自己講解，一邊聽一邊點頭。「叔，您真好。」一張好人卡先發出去再說。

不過這位還真的好，說得這麼詳細，再往下說不定連賺錢的本事都要拿出來了。她笑了笑。「叔，我都知道，放心吧。我身上的錢也不多，所以您聽我要了那麼多品種，但數量不多，我先試試，若是可以的話，等我賺錢了一定會多進點貨。」

第十七章

話都說到這個地步了，長春也就不再說什麼。價格報出去之後，柳好好心中的小算盤打得噼哩啪啦直響。

「桃樹每株十文錢，海棠、丁香十二文，杜鵑八文錢，松樹五文錢，垂柳九文錢，臘梅十五文，梅花十三文……」

「我每樣要二十棵，再加上紫花地丁、菖蒲、大麗花、鳶尾、杜鵑……一共是二兩三錢一十八文錢，叔，您給我把零頭去了唄，一共是二兩三錢好不好？」說著還歪著頭，可憐兮兮地看著這位樸實的漢子。

長春被盯得實在是受不了了，只好答應下來。「行！不過你小子厲害啊，算帳比我這裡的先生還要快，真是不敢小瞧你。」

「沒辦法，誰讓我對錢這麼感興趣呢。」柳好好就把錢掏出來。「叔，我就住在柳家村，我一個人肯定是沒辦法帶走的，過兩天我再來好不好？」

「行，有些正好需要晾一晾根，等你來。」

回去的時候，趙掌櫃都有些吃驚。「小子，算帳有一手啊，何必還這麼吃苦呢，要不到我店裡面當個算帳先生，一個月給你五錢銀子怎麼樣？」

懷。

「才不呢，我是一個要賺大錢的人。」

「得，我怎麼忘記你是一個有志向的，當叔沒有說。」

「嘿嘿，趙叔啊，承你吉言，但願我能成功。」柳好好啃著懷裡的窩窩頭，笑得特別開懷。

今天買的不多，是因為發現真的很多花草其實還沒有培育出來，而她要做的是利用自己的長處，嘗試能不能培育一些新的品種出來。不過她也知道，在這個什麼都沒有的時代，能做的也就是慢慢來。

不過她已經在那些植物當中看到了變異，等過幾天來拿植株的時候，自己挑一些，在這個基礎上培育，效果會更好。

到家的時候，天色已經晚了，大概是村長的話很有威懾性，第一天偷奸耍滑的人仍有，並不多。

大概是生意談妥了，人心情好，柳好好大清早的戴著草帽就往山上去，這時候村長已經守在那裡，看到她笑了笑。「看妳小丫頭片子心情不錯，事情談妥了？」

「嗯，等這裡差不多了，苗就能拖回來種上了。」

「李三，幹什麼呢？你這是什麼意思啊！把不要的都往我這邊扔，過分啊！」突然有人大聲叫起來，打斷了他們倆的談話。

柳好好抬頭看過去，就見一個尖嘴猴腮的男人不著痕跡地把面前的雜草什麼的推到另外一邊，裝作若無其事又去撥弄另外一邊，這樣重複著，看上去很忙但實際上什麼都沒有做。

她臉色一沈，沒想過竟然會有人這樣無恥。

村長自然也看見了，然後掏出炭筆在草紙上狠狠地畫上一筆。

「李三。」

「喲，村長，您來了，您看啊我可是沒有偷懶，忙死了。」說著，趕緊招呼另外一個人把面前的東西給抬走，裝作很重很累的模樣。

柳好好看著他迅速離開，扭頭看著村長。村長沈默片刻。「我會處理的。」

「沒事，剛開始的時候我就想到這些了，避免不了。不過既然醜話已經說在前頭了，我也沒有什麼不好意思的。」她看了看已經漸漸成型的山頭，想著自己將要運送過來的樹苗，心情好，至於那個偷奸耍滑的人，很快就會被趕出去的。

她慢悠悠地在山頭上晃著，直到飯點。

「欸，這是怎麼回事啊，前兩天中午還是三個窩窩頭，還有一碗白菜和炒韭菜，可是現在呢，人人只有兩個小得可憐的窩窩頭加一碗放了點油鹽的湯水，怎麼吃！」

「這好好真是會算計呢，你們說明天會不會苛扣我們的工錢呢？」有人懷疑了，畢竟連飯菜都會苛扣的，工錢會不會捨得給，很難說啊。

大家一邊吃一邊擔心，小聲地議論著。

而那邊，小劉氏和王翠花已經吵起來了。

「大郎家的，妳這是什麼意思啊，今天做窩窩頭的米麵怎麼這麼少，妳說東西給妳看管，保證沒有問題，可是為什麼會是這樣，少了這麼多！」

「小劉氏，別在這裡瞎嚷嚷啊，好好就給了這麼多，別什麼都往我這裡怪罪。」王翠花胖乎乎的身體往那裡一坐，拿著窩窩頭喝著排骨湯，舒服得眼睛都瞇起來了。

「那妳這是怎麼回事，為什麼外面幹活的人吃的是白菜和菜湯，妳倒好，喝起骨頭湯來！」

「別瞎說啊，妳也看見了都是一個鍋裡面盛出來的，別給我安罪名！」她狠狠地喝了一口，心裡卻十分得意。她每天從伙食裡面扣點送回家，連帶著骨頭什麼的都會送到家，一家人吃好喝好，日子不說有多舒服。

她剛才把湯發下去之後，又偷偷摸摸扔了幾塊腿骨熬了熬，準備帶回去給家裡人喝，只是沒有被小劉氏看見罷了。

「妳！」

小劉氏是真的生氣，剛才去看了一眼，鍋裡面還有燉爛的腿骨，上面還黏著肉，聞起來可香了。可是之前完全是沒有，這女人根本就是在占便宜。

但是她雖然強悍，卻比不上這個女人會說，氣得臉色都變了卻不知道怎麼罵得好。

「別得意，我一定會告訴好好的。」

「妳說我是誰，我可是她的大伯母。就算不說這個，我沒偷沒搶的，妳能怎麼樣！這些東西是我姪女的，我就有權力去管，你們誰都沒有！」說著還惡狠狠地瞪著小劉氏。「妳天天盯著我不放，是不是想要偷偷摸摸地拿點回去給自己家，別以為我不知道妳打的是什麼心思！」

「妳——」

「我怎麼了，是不是說出妳的心思了？一天到晚在我姪女面前嚼舌根，破壞我們兩家的感情，害怕被我揭穿是不是？」

柳王氏越說越覺得是這回事，臉色都認真起來了。

小劉氏氣得臉色發白，雙手扠腰。「柳王氏，別給臉不要臉啊，自己做了什麼不要臉的事情，當大家都是瞎子呢！現在竟然不要臉地這麼說，有本事對著好好說啊，妳現在也不過就打著親戚的名氣來說話罷了……」

「吵什麼吵！」

兩個人正在吵著，村長嚴厲的聲音傳了進來，兩個人立刻不說話了。

「怎麼回事？我聽到外面的人都在抱怨！」

柳王氏眼睛轉了轉，然後大聲道：「我怎麼知道，這兩天的分量明顯少了，我還以為是好好給得少了，哪知道竟然是小劉氏拿走了，肯定是帶回去給他們家自己吃了。」

「妳、妳根本就是在胡說！」

柳好好還有什麼不明白的，肯定是這個愛貪小便宜的大伯母偷走了，然後誣陷其他人。

「既然覺得不開心，就別幹了。」她淡漠地道。

「那怎麼行，我得幫妳看好了。」柳王氏一臉的諂媚笑容。傻子才走。

「不用了，我娘最近挺好的，會過來幫我。」

「好好啊，妳看這裡這麼多人，大伯母要不幫妳——」

然而還沒有說完，就被村長給打斷了。

「妳回去。」

「村長！」

「行了，大伯母，妳做的事情我自然都記得，我還讓人給記下來了呢。對了，聽說咱們縣令大人是個公正無私的，特別關注學子們的品行，不知道對這些感不感興趣？」

柳王氏一聽，臉色變了變，忐忑地問道：「縣令大老爺？」

「對啊，要不咱們去說道說道？」

「妳、妳敢！」

柳王氏的臉色不是很好看。她家二兒子可是在私塾讀書，若是被縣令知道些什麼，到時候影響了名聲，就別想考試了！

「有什麼不敢的呢，反正我家也沒有人要科考，所以啊……大伯母可要想好了。」說完，柳好好似笑非笑地看著她，那目光犀利又通透，把柳王氏看得整個人都有些害怕。

「哼，大不了不幹了，有什麼了不起的！」她色厲內荏地道：「我要不是看妳是我大姪女，妳以為我會幫忙，吃力不討好！哼！」

小劉氏見她終於走了，長長地吐出一口氣來。「呸，怎麼好意思過來的，要是我，餓死我也不好意思。」

這幾年，自從長輩們離開之後，這大郎家的越來越不像話，做得這麼過分還好意思來占便宜。

村長乾咳兩聲打斷了她們的話，然後轉頭跟眾人吩咐道：「你們都看見了，我可是當監工的，別給我耍心眼。」說著拿出小本子。「這上面都記著呢，超過次數就別幹了。」

柳好好站在那裡看著眾人。「各位叔叔嬸子，我呢也就是走運，賣蘑菇和野味賺了點錢，想著咱們村子也是人傑地靈了，怎麼就能這麼窮呢，所以若是可以的話，咱們一起賺錢。」

「一起賺錢」這四個字就像是有魔咒似的，在每個人的心裡紮根了。

「你們看，這片山頭我準備種果樹，到時候不管是栽種、打理、摘果都是需要人手的，只要我賺錢……你們還怕沒有活幹嗎？咱們不用出遠門就能掙錢，我掙得多，大家掙得多，說起來這也算是幫自己賺錢了。」

這麼一說，大家的腦子就轉過來了。

對啊，如果好好能賺大錢的話，他們肯定也能賺錢啊，這是幫自己掙錢呢。現在好好還沒有掙錢，他們就已經從好好這裡拿到了工錢，這還有假？

「不過，我覺得這賺錢也要分人，大家辛辛苦苦地掙點錢不容易，肯定不想那些不幹活也和自己拿一樣的工錢。我也不喜歡我辛辛苦苦賺的錢就這麼被人騙去，所以以後還請村長多幫襯幫襯。」

村長點點頭。「好好是個有心的。」

只要柳好好心裡裝著柳家村的人，到時候肯定不會讓村裡人吃虧的，沒看見柳大力家就得到一個賺錢的營生，最近的生活越來越好了嗎？

柳好好見大家的臉色不錯，笑了起來，眼睛彎彎的。「所以啊，各位叔叔各位嬸子，咱們這兩天辛苦點，過兩天樹苗就要來了，還得請大家幫忙呢！」

「這孩子，這不是應該的嗎？咱們也是拿工錢呢。」

她羞澀地笑了笑。「我知道各位叔叔嬸嬸是好人。」好人卡什麼的，發起來毫無壓力。

果然大家被這麼一哄一捧，幹活的熱情更高漲了。

柳好好看著已經收拾出來的山頭，想到過兩天到的樹苗，整個人都輕鬆起來。

時間過得很快，當第一批樹苗送過來的時候，柳好好一手拿著窩窩頭，立刻竄了出去，就見到趙掌櫃的樂呵呵地站在車子旁邊，身邊是一車一車的樹苗。

「趙掌櫃，你怎麼來了？」

「來看看啊，好歹這也算是我推薦的。沒想到原來妳是個小姑娘啊，叫好好是嗎？」趙掌櫃笑得一雙眼睛都快要看不見了。

「掌櫃的說笑了，我這不就是方便一下自己啊，以後總是要出去的，還是叫文近方便點。」

「也對，那我們去看看。」

柳好好點點頭。「行，那咱們這就過去。」

趙掌櫃也不矯情，帶著人就跟在柳好好身後，經過稻田的時候，一片綠油油的秧苗看上去非常好。

「這秧苗種植得不錯。」

「嗯，是我的。」

「沒想到妳竟然這麼厲害，這應該能夠收穫不少。」趙掌櫃笑了笑，倒也沒有在意，能夠把水稻種植這麼好的不少，但是產量也就這樣而已。小傢伙想要種點果樹賺錢也能夠理解。

「這片山頭都是妳的？」

「是啊。」

趙掌櫃皺皺眉，嘆口氣道：「好好，妳投入這麼多，有沒有想過會怎麼樣？」

「成了便能賺錢，不成功就是一敗塗地、血本無歸。」她無所謂地說道：「但是做生意啊，不能因為有風險就放棄是不是？這樣豈不是沒有意思了。」

趙掌櫃沒有想到小傢伙竟然有這樣的遠見，笑著點點頭。「好好這樣真的很不錯啊，有遠見。」

「趙掌櫃太客氣了，這樣誇我我會不好意思的。」

柳好好走上前，大家見她過來，紛紛打招呼，然後自覺地去把樹苗給搬下來。

「這裡不錯，的確適合種植這些樹苗，但是說實話，妳要是真的想要發展這一塊的話，這麼點樹苗是不夠的。」

「我知道。」所以準備自己繁殖啊，全部靠買的，成本就太大了。「我還小呢，慢慢來。」

「也對。」趙掌櫃看著這邊有條不紊的樣子，笑了笑。「看到妳這麼有信心，我也就放心了，那我就先回去了。」

「留下來吃個飯再走吧。」

「不了，我還有事。」趙掌櫃笑了笑。「對了，還記得那個花卉展嗎？有沒有想法，過段時間我們準備過去參加，妳有沒有想法？」

「當然啦，好不容易您和長春叔這麼幫我，要是不抓著機會，豈不是傻？」

「妳傻？」趙掌櫃笑得特別的開心。「那就沒有聰明人了。」

第十八章

把趙掌櫃送走之後，柳好好便繼續指揮大家種樹苗，每一種樹苗花苗放在一起，然後整整齊齊的。

「好好，明天這些應該就差不多了。」

柳大力這些天也來幫忙，因為天氣乾燥，山上的東西比較少，於是原本三天去一趟縣城變成了一週去一次，這些日子都在這裡幫忙。

「嗯，挺好的。」

「天越來越熱了，想要這些樹活下來不容易。」

「我知道。」她也有些擔心，畢竟這個時代缺少肥料，大部分的樹都是靠自己撐下來的，好在溫度沒有後世那麼熱，問題不大。

大家幫她把樹苗栽上了之後，拿到屬於自己的工錢，個個笑得眼睛都瞇起來了。數著手中的銅板，大家終於心滿意足了。

「好好，晚上我就住山上吧。」柳李氏看著自家的山頭，看著那剛剛栽種上的小樹苗，怎麼想怎麼擔心。

「娘，放心吧，沒事的。」柳好好笑了笑，本來就是準備讓家裡人過上好日子的，現在要是把柳李氏弄得這麼辛苦，那還不如不弄呢。

「真的沒事？」她總覺得心慌慌的，感覺會出事。

「娘，大概是因為我們投入了太多錢，妳太擔心才會有這個想法。」柳好好笑咪咪的，然後對柳文遠招招手。「別擔心呢，不然文遠也會擔心的。」

「哪有，姐姐可厲害了。」

「就你會說話。」

因為山上的事情忙好了，柳好好開始專注投入自己的試驗田當中，果然這幾個明顯不一樣的稻子很有可能就是雜交出來的。

「有希望就是好事啊。」說著，她摸摸那幾株不一樣的水稻，想像著以後高產量的日子，到時候……嘿嘿嘿……

「瞧瞧，又在發傻呢，這人腦子是不是有問題啊？」

「誰知道呢？」

柳好好看著面前的兩株蘭花，一口氣沒有提上來，差點憋死。

「嘿嘿，這傢伙總是瞪眼，哎喲，我怎麼覺得渾身好癢呢？」其中一株蘭花扭著身子說道。

柳好好一聽，走過去看，整個人都蕩漾起來了。

「你要開花了，別動！」她笑咪咪地說道：「不錯啊，這次我準備出去見識見識，想不想去？」

「想去！」

這兩個傢伙就是不想待在山上才願意跟著她出來的，現在聽說還有更好玩的地方，那自然是要去看看了。再說這柳好好實在是太窮了，好多東西都買不起，它們吃的都是最差的。

柳好好打了一個響指。「那行，這段時間好好地待著，期待你們能開出最美的花，到時候豔壓群芳，讓你們奪冠！」

「奪冠有什麼好處？」

「很多獎金，說不定你們會被送到達官貴人家裡面去，或者去皇宮，就是最有錢的人，到時候你們吃香的喝辣的都完全可以！」

接下來這段時間，柳好好利用自己的特殊本事開始照顧山上的樹苗，等到這些都存活了，心中的石頭才放下來。

然後也就到了要去百花節的那天了。

柳李氏一臉擔心地看著女兒，雖然這段時間生活不再那麼拮据，但是在好好把家裡的錢全部投進去之後，她還是十分擔心的。

「這十兩銀子妳拿著，記著，出門在外很多事情不比家裡，妳給自己取名文近是個聰明的辦法。妳還小，萬不可被人識破身分，人心難測，也別什麼都相信別人。還有，十兩銀子娘給妳分成三份。記住了，若是遇到壞人首先就要保護自己，不要因小失大……還有，一定要吃好喝好，兩位老闆是厚道人，妳也不能占別人便宜，所謂吃人嘴短，拿人手軟，妳可別犯糊塗。娘還給妳求了一個平安符，可別弄丟了。」

柳文遠站在一邊，聽著她娘絮絮叨叨的說了這麼多，眼睛都紅了。感覺姐姐要走好久似的，他好捨不得。

「娘別急，等我回來了，咱們家一定會有一條出路的。」

「好，娘相信妳。」

說了一大堆之後，柳好好又去了柳大力家。

「大力叔，我要出門一趟，叔一定要幫我照顧我家人啊！」

柳大力皺著眉。「好好，能不去嗎？」

「大力叔，我投入這麼多，怎麼可能一點想法都沒有呢，我不能放棄。」

許是她的眼實在是太過認真，被這樣看著，柳大力反對的話也說不出來了，嘆口氣道：「那妳小心，身上有沒有錢，如果沒有……」

「有的，夠了，大力叔放心吧。我還要去村長家讓村長幫忙，我不放心大伯一家。」

「行，我和妳一起。」

來到村長家，她又把拜託的話說了一遍。「村長爺爺，我要去百花節看看，我這不是種了很多的花草嗎？在想著能不能找個出路。」

村長自然知道這孩子心中是有目標的，點點頭。「去吧，路上小心。我也不多說什麼，家裡面就別掛念了，妳村長爺爺還是有幾分本事的。」

柳好好一聽，高興得眉眼彎彎，慎重地道謝之後便回去。

這兩天，蘭花的花苞已經出來了，她真的無法想像這兩棵蘭花竟然會在秋天開花。從外形上看來將會是非常漂亮的蝴蝶蘭，黃色花瓣上隱隱約約帶著點點的紅色，想像一下完全盛開的模樣，她的嘴角勾起來了。沒想到真的撿到寶了。

「哼，我們特別厲害，這小花盆根本就配不上我們的身分。」其中一棵蘭花擺著腦袋說道。

「我知道，先這樣，等到了地方咱們就換美美的瓷盆，還是白瓷的！」

「真的？」

「真的。不過你知道什麼叫瓷盆嗎？」

「不知道。」

「所以你這麼高興幹什麼？」

「嘿嘿，能讓妳咬牙切齒的東西肯定很貴啊，當然是好東西，我們肯定喜歡啦！」

一棵花都有這麼高的智商，真的科學嗎？但這一路好不容易走到縣城，柳好好覺得自己的耳朵都要炸了。

「來了啊？就等妳了。」

柳好好笑了笑，抹抹額頭上的汗珠。「嗯，有點事耽誤了一下，害得長春叔和趙掌櫃這樣等我，實在是不好意思。」

她揹著小竹簍，小小個子穿著文遠的灰藍色長褂，頭髮紮在腦後，看上去還真的像個小子。

「看妳這樣子，咱們也要叫妳一聲文近了？」

「嘿嘿，女孩子總是不方便的。」

「妳倒是乖覺。」

很快，外面就來了一輛馬車，柳好好一臉豔羨地看著高頭大馬，眼中滿滿的都是躍躍欲試。

趙掌櫃看著這個已經開始變化的小丫頭，一雙眼睛似乎變得更明亮，黑色瞳孔裡面都是信心和熱誠。皮膚也不像之前那樣蠟黃蠟黃的，多了紅暈，唇角始終往上揚，特別可愛。現在來看，這丫頭的五官生得實在是漂亮，以後肯定是個美人胚子。

「好了，東西都準備好了，我們也該上路了。」

「好好，不，文近妳跟著我一輛車，長春就在後面的車上。」

「嗯，叔你們的花草呢？」

「早就讓人送過去了，這個妳就放心吧。」趙掌櫃見她這麼乖巧，心頭一動，伸出手摸摸她的腦袋。看見這麼懂事乖巧又有本事的孩子，自然是多了幾分親近之意。

「妳就跟著我，妳年紀小，到那邊肯定很多人都不會搭理妳，就靠妳自己本事了。」說著看了眼她的竹簍。「我們需要三天才能到，妳這東西放在裡面沒事吧？」

「沒事沒事，大不了就是不好看而已，我也不指望他們，就是湊個熱鬧。」

趙掌櫃笑了笑，也知道這小丫頭才剛剛起步估計還在摸索，也沒有懷疑。

兩棵蘭花不樂意了。

「什麼意思啊，不指望我們？」

「告訴妳，我不開花了，我讓妳白跑一趟，一分錢都賺不到！」

「你個沒見識的！」

吵死人了！

「閉嘴！」

「就不，說我們好不好看？」

「好看好看。」

「我們是不是天下第一美的蘭花！」

「是是是，天下第一美，你們最美了。」

柳好好翻了一個白眼，從懷裡掏出一個餅就吃起來。

就這麼顛顛簸簸的，一行人終於到了目的地——涼城。

還沒有進城，便感覺到了熱鬧非凡，巍峨的城門口站著身穿鎧甲的士兵，城門上也有很多士兵在巡邏，但來來往往的人個個是喜氣洋洋的。

就這麼一會兒的功夫，城門口就排了數十輛馬車。

在這個長龍之中，一輛精緻的馬車夾在其中，不是很顯眼，但是有眼力的就會發現，馬車雖然不奢華，但是拉車的馬卻是百裡挑一的好馬，可不是一般人家能夠用得起的。

車內，穿著暗紅色錦袍的少年把玩著一把絹面摺扇，狹長的眼眸半瞇著，臉上掛著似笑非笑的表情。

「欸，我說宮石頭，咱們出來轉轉就要有轉轉的心情，這臉色這麼難看，真是讓人不開心呢。」

他旁邊坐著另一個少年，黑色勁裝，手中的長劍就這麼豎在身前，閉著眼睛不動如山。

「若是雲公子覺得在下破壞氣氛，在下告辭。」說著，迅速從車廂內跳出去，消失在人群中。

「欸，這人怎麼就這麼……哼，果然是個又臭又硬的石頭！」錦衣少年一臉不忿，用手中的摺扇挑開車簾看向外面。

「咦，那小子怎麼也來了？」他的目光在對方身上流連了一圈，笑了。「原來是參加百花節的啊？」

可說著又放下車簾，並不在意。

柳好好從車上下來，揹著竹簍等在人群中給那些士兵檢查。士兵見她一個小娃娃，翻了翻她的竹簍，見到裡面的兩株蘭草便知道這小傢伙是來幹什麼的，擺擺手示意她進去。

等到她進去不一會兒，趙掌櫃他們的車子也進來了。

「文近，我們去找個地方先住下來。這還有幾天，不早點到時候連睡覺的地方都沒有了。」趙掌櫃好心地說道。

柳好好笑了笑。「嗯，但是我想找個便宜的客棧。」

他了然地點點頭。「放心吧，咱們還指望妳付房錢？」

「那不行，趙掌櫃和長春叔已經幫我很多忙了，這個便宜我不能占。我去找一找看看有沒有便宜的地方住。你們放心吧，我會保護自己的。」

趙掌櫃勸了勸，見她真心不願意，嘆了一口氣。「行，那就這樣，這兩天咱們就住在這裡，妳要是想要出去轉轉的話，就到西街的好運客棧找我們。」

「行啊，謝謝掌櫃的和長春叔了。」

看著柳好好揹著小竹簍往前走去，趙掌櫃搖搖頭。「這孩子膽大心細，又懂事又有禮貌，真是讓人心疼。」

柳好好一路好奇地盯著看，這涼城果然不愧是大城市，繁華程度不是他們鳳城縣可以比的。

簡單地說，鳳城縣只是一個小縣城，而涼城就好比是後世的二線城市了。在她的心目中，京城應該才是一線城市。

「賣糖葫蘆了，賣糖葫蘆……」

「燒餅，又大又香的燒餅，一個銅板一個……」

「客官，咱們這店可是這涼城數一數二的，您是打尖還是住店啊？」

「來啊來啊，咱們這店最有名的香包來，買一個戴在身上，百花節給你帶來好運呢。」

柳好好的眼睛都要花了。「好熱鬧啊。」

她看見前面一處地方好多人圍著，走過去發現這邊竟然不少人在賣花草樹木，顧客也很多。就這麼一會兒功夫，便有不少人捧著自己喜歡的花草走了，甚至還有個人訂了一些單子。

看來生意不錯啊！柳好好看著這群人忙來忙去的，心中對於未來有了更好的期待。

不過這些做生意的賣的都是普通花草，價格不高，來買的人也是一些普通人。想來現在百花節還沒有開始，那些手中有奇花異草的人肯定還沒有出手呢。

看完這邊的熱鬧，她又去了其他地方，轉著轉著只覺得渾身都疼，才發現太陽都已經偏西了。真是沒想到，自己竟然走了這麼久。

「好好，好熱、好渴好累。」

竹簍裡面的蘭花又開始吵了，但是她知道走了這麼久，蘭花就算再有生命力也是有些蔫了。

「等等啊。」

第十九章

柳好好把竹簍從肩膀上拿下來，掀開上面的布，見兩株蘭花無精打采的模樣，連花骨朵都好像變得乾巴巴的，頓時有些著急了。

好的客棧捨不得，便宜的不怎麼安全，她就想著能不能花點錢住在當地人家裡，這樣住得好又方便。

就在她著急地想要找地方的時候，突然眼前一黑，有人擋在她的面前。

「啊！」

饒是她膽子大也架不住這樣驚嚇，這邊還沒有什麼人，突然出現一個人擋在自己面前，這是要搶劫還是要劫色啊？

「想什麼呢！」

聲音有些啞，但仔細聽卻有股說不清道不明的磁性，她抬頭就見到穿著黑衣的少年抱著一把劍，面無表情地盯著自己。

柳好好一愣，好一會兒才回神，白了宮翎一眼。「有病。」

真是神經，不知道人嚇人會嚇死人啊！這個傢伙的出場方式就不能換一換啊。

宮翎有些意外，他原本是準備躲得遠遠的，誰知道無意中看到了在大街上溜達的柳文近，好像遇到了什麼難題，原本好心想問問有沒有需要幫忙的，結果卻被罵了。
宮翎的臉一黑，轉身就走了。
柳好好撇撇嘴，抱著竹簍繼續找住的地方。神經病還是離得遠遠地好。
哪知道剛轉過身就被人抓住了衣領，扭頭只見宮翎的臉黑得都可以冒墨汁了。
「幹麼，放開我！」
宮翎不說話，抓著她就往另一條路走。
「放手啊，不放手我喊人了啊，喊你非禮！」
「呵，你這樣的？」宮翎終於說話了，只是這話還不如不說。
「我怎麼了？就算我再醜也不能否認你欺負我的事實！」
宮翎冷冷看了她一眼，才放開手。
柳好好瞪了他一眼，把衣服打理好。「你幹什麼，帶我去哪？」
「你來參加百花節？」
「當然，不然我來幹什麼？」
看著面前這個瘦弱的小子挺著胸膛的樣子，宮翎額上的青筋抽了抽。「住哪？」
「正在找。」
果然，剛才見這個小子左看右看的，好像在找什麼，看樣子應該是沒有住的地方。
「走吧。」

「等等，你請我住還是要我花錢？」

柳好好堅決不願意花冤枉錢，自己的錢可不容易了，不能浪費。

見她一臉緊張，宮翎的青筋再一次抽起來。要不是覺得這個小子人還不錯，他真的一巴掌拍死算了。

「我付錢。」

「那行，咱們走吧。」

聽到這話根本不需要考慮好不好！之前在柳家村的時候就發現了，他不喜歡說話，說起話來特別氣人，卻喜歡沈默地助人。再說了，他身上的衣服檔次那麼高，哪會惦記著她這麼點小錢。

果然，宮翎帶她去的客棧特別高大上，那精緻的大門，裡面豪華的設計，還有貼心的小二，根本不是其他地方能比的。

「給我單獨一間嗎？」柳好好眨著眼睛裝單純。「我在家都是一個人睡的。」

宮翎冷冷地從懷裡掏出一錠銀子。「再開一間。」

「哎喲，你真好。」她毫無負擔地把好人卡送過去。「沒想到你這麼有錢啊，那晚上請我吃飯好不好？我這幾天一直吃餅都要吐了，你知道的，我很窮的。」

為什麼有種自己找麻煩的錯覺，真是鬱悶得要死。宮翎在心裡默默道，以後看到這傢伙一定一定離得遠遠的，管他去死！

不管他身上的怨氣是不是都要化為實質了，反正柳好好的心情很好，這傢伙明明都氣成這樣還是答應請她吃晚餐，果然是個好孩子呢。

「舒服。」

上等房果然不一樣啊，連這個大浴桶都讓她舒服得想要躺在裡面再也不起來了。這幾天在路上風餐露宿的，早就髒得要死，現在能洗澡簡直是最幸福的事情了。

「喂，怎麼只顧著自己享受，我們也要水也要吃啊。」

兩株蘭花已經被柳好好拿出來了，雖然有些乾，但畢竟照顧得還不錯，澆完水之後，立刻變得精神奕奕的。

「行了行了，我知道。」

她換好衣服準備出去吃飯的時候，就見到宮翎抱著劍站在門口。

「你在說話。」宮翎忽然開口。「和誰？」

柳好好臉色一白，但很快鎮定下來。「關你什麼事，還不允許我自言自語啊？大晚上的站在我門口抱著劍，幹什麼，要酷啊！」

宮翎看了她一眼，慢吞吞地說道：「晚膳。」

「欸，哥，我就是膽子小怕嚇，剛才語氣不好，您別見怪。」為了晚飯，折腰什麼的都很輕鬆。

宮翎見她諂媚的模樣，心情好了很多，轉身就下去了。柳好好皺皺鼻子跟在後面，心中卻是暗忖：一點都不可愛。

「小二，給我們上幾個招牌菜！」兩人一坐下，宮翎還沒有說話，柳好好就喊起來。

「對，再給我們倒點熱茶。」說著扭頭看著他。「你要喝酒嗎？」

宮翎默默地看了一眼，搖搖頭。

柳好好擺擺手。「就這樣吧。」小二走了之後，她好奇地伸著頭。「你怎麼過來了，不是說回家了嗎？」

「有事。」

「百花節呢，你也是想找點花草回去嗎？」她心情好。「要不要我幫忙？」

「不用。」

「聽說百花節晚上很熱鬧，很多年輕男女都借著這個機會尋找好姻緣，欸，你是不是……」

「吃飯！」

顯然宮翎不想談論這個話題，小二也端著飯菜上來了，頓時撲鼻的香味引得她食指大動，也沒有興趣再去管對方的目的了。

羊肉燉得鬆軟，入口即化，只可惜味道太淡，膻味有些重。魚的調味太少了，雖然刀工不錯，可惜魚腥味沒有辦法去掉，打了折扣。不過魚肉的確鮮美。還有這素菜，實在是太清淡了，清淡得讓人覺得鹽都沒有放。

「你覺得好吃嗎？」柳好好湊過去，小聲問道。

宮翎抬頭看了她一眼，發現對方的臉已經湊過來，呼吸都噴灑過來，他能夠清楚看到對方臉上的小茸毛。他將一股異樣情緒給壓下去，淡淡道：「不錯。」

「喲，怎麼拋棄我就是為了這個小哥……我說小羽毛，這可不厚道。」就知道這樣，你們這群人，等吃過我做出來的菜之後，才知道什麼叫做人間美味！

「噗！」她聽到了什麼？

柳好好即使明知道不該笑，還是忍不住，看著宮翎已經漆黑的臉色，笑得無法自已。

「我說，你這是幹麼呢？這小子……」

「咦，我們是不是見過面？」雲溪看著面前的小子，瞇著眼睛想了想。「喔，帶我們上山的那個窮小子。沒想到小羽毛竟然和他也認識啊？不對，這小子住在柳家村……嗯，原來如此。」

「沒想到你們認識啊，真巧。」

雲溪瞇著眼睛打量著笑咪咪的柳文近，見她眼中都是諂媚的笑容，頓覺無趣，視線轉到桌子上的飯菜。「沒想到你倒是捨得，一個窮鄉僻壤走出來的小子，竟然讓你如此費心招待。」

宮翎沈默不語，這樣的態度雲溪也習以為常，但是柳好好有些承受不住啊。局促地站起來，嘿嘿笑了兩聲。「我回房間了。」

誰知道宮翎伸出手把她抓住。「坐下來，吃。」
「啊？」
「你點的。」
言下之意就是自己點的這些東西就要負責吃掉。
柳好好眨眨眼睛，小心翼翼地看了一眼坐在對面的雲溪，見他臉上掛著笑，似乎並不在意，才拿起筷子吃起來。
「我吃飽了。」
宮翎皺眉，見她沒吃多少，直接把面前的肉推過去。「吃完。」
「這麼多……」
「太瘦。」
「噗，真是讓我開眼界了，沒想到一向冷漠、不搭理人的宮二少爺竟然會擔心一個窮小子胖瘦的問題，嘖嘖，果然啊——」
還沒有說完，宮翎的視線就飄過來，像是一把冷漠的刀，讓雲溪果斷地閉嘴了。
不過這安靜沒有多久，雲溪又好奇起來。「涼城過兩天就是百花節，你不是為了過來看熱鬧這麼簡單吧？」
「我也想參加啊。」
雲溪看著柳好好。「你帶來的準備就趁著熱鬧賣出去，還是準備參加比賽？」

想到自己帶來的兩株蘭花，她自信道：「自然是要參賽的！」

雲溪見她雙眼中迸發出來的自信，有些意外，合起扇子在掌心拍了拍。「喲，看來是有備而來啊。」

「當然啊，雖然沒有信心能夠獲獎，但是衝進第三輪絕對沒有問題！」說著，柳好好還拍著胸口表示。「我帶來的絕對好看。」

雲溪似笑非笑地看著她，顯然並不相信。倒是宮翎點點頭，直覺相信她的話。

吃過飯，柳好好決定上街去買兩個好看的花盆。紅花還需綠葉襯，她的花那麼好看，若是沒有好的花盆肯定會打折扣。

「去哪？」

雲溪覺得這小子挺好玩，看上去害怕，其實那滴溜溜的眼珠早就出賣了自己，這小子根本就是裝模作樣呢。

「我上街買花盆。」

「喔，本少爺覺得現在時間挺早的，閒來無事，陪你轉轉也是無妨的。」

好像沒有讓你跟我一起啊……柳好好無力吐槽，可還是十分乖巧地點點頭。「好啊。不過你會砍價嗎？」

雲溪臉一黑。砍價是什麼東西，能吃嗎？

他傲嬌地抬著下巴，率先走出去。柳好好挑了挑眉，看著那人頎長的身形，又疑惑地看了看旁邊的宮翎。

「我會。」

宮翎大概是覺得對方的眼神太過熱切，頭腦一熱就脫口而出，說完自己也愣住了，然後……他的臉也黑了，立刻往外走。

跟在後面的柳好好做了個鬼臉。這兩個小子一點都不可愛！

幾人來到一家專門賣瓷器的店面，柳好好找到了兩個十分漂亮的花盆，褐色盆體是個六邊形造型，古樸淡雅，一看就非常適合自己的蘭花。

「多少錢啊？掌櫃的。」

掌櫃的是個瘦小的男人，看到他們買花盆自然是知道怎麼回事，見她選的花盆，笑了笑。「小夥子，咱們這店的東西可是這涼城數一數二的好啊，你真有眼光，這對花盆上週才剛剛出來，之前就有人看中，可惜說價位高……」掌櫃的一邊走一邊說，目的不過是想要把價錢喊高點。

「您說個價，咱們少爺有錢，不差這麼點。」

柳好好指著宮翎，特別耿直地說道：「少爺說了，錢不是問題，但是這貨必須要和這個價錢是相等的，他可討厭別人騙他了。」

掌櫃的下意識地看著宮翎，只覺得心臟猛地一顫。

乖乖，這少年怎麼這麼嚇人，剛才還沒有注意，怎麼現在一眼就覺得渾身都在發抖呢？

「啊，是啊……對，我家的東西……很好。」

掌櫃的心驚肉跳地想了想，伸出一隻手來晃了晃。「五百文。」

「掌櫃的，你說什麼，我沒聽清楚，多少？」

掌櫃的偷偷摸摸看了一眼宮翎，又看了一眼站在一邊的雲溪，內心都要哭了。

「四百文。」

「掌櫃的，這花盆也不過是陶土燒製的，和瓷器完全沒有辦法比……您這樣不厚道啊……」

就見宮翎的長劍唰地挽了一個劍花，頓時雙腿一顫。「一百文，這是最低價，您若是不願意也沒有辦法，殺了我都不會賣的！」

「掌櫃的，瞧您說的，什麼殺不殺的，咱們都是厚道人來買東西，怎麼可能讓你吃虧？給，一百文，您可拿好了。」

說著，柳好好笑咪咪地把兩個花盆抱起來。

宮翎看著她小胳膊小腿的樣子，抱著兩個大花盆走路歪歪斜斜的，實在是看不下去，輕而易舉把花盆從她的懷裡拎出來。

柳好好張了張嘴。「我發現不管幹什麼，把你帶著就輕鬆很多啊。」

她帶著花盆就回去了，路上還買了點泥土，興沖沖地進房就把房門關上。至於那兩位爺，哪來的就去哪兒。

「這小子倒是有趣。」

雲溪看著緊閉的房門，輕笑一聲。「本少爺原本以為這趟非常無聊，看來還行呢。欸，說說話唄，真不明白那些人怎麼想的，竟然派你來跟著我。怕是他們覺得啊……你這樣的身分，肯定沒有威脅。」

雲溪瀟灑地搖著扇子。

宮翎只是淡淡掃了他一眼，然後回房、關門，動作不要太流暢。

第二十章

房內，柳好好把兩棵蘭花拿出來，仔細一看，發現花苞果然更大了，算算時間只怕不出五天就會開了。

「看看，這是我給你們帶來的新家。」

「哼！」

「得了啊，咱們可是說好的，別矯情了。」

真是不明白，世人都說蘭花是淡泊高雅，結果她的兩棵蘭花呢，嘴巴壞、話多還矯情，真是夠了。

蘭花用土，主要採用腐葉土或山林腐殖土，還好她來的時候帶了點配好的土，現在把之前的土混合一下就差不多了。

「舒不舒服？」

看著兩棵蘭花精神抖擻的模樣，也知道這土配製得好。等到移植過去之後，她澆了點水便放在窗邊通風。

「果然啊，人靠衣裝馬靠鞍，你們換了一個新家之後瞬間檔次就上去了。這兩天可能不是很舒服，你們好好休息，明天給你們施肥，保證你們身強力壯，碾壓那群花草！」

「哼，那是當然！」

聽著就覺得這兩棵特別自信，也不知道哪來的。

柳好好忙了這麼久，只覺得渾身酸疼，趕緊讓人送點熱水上來，美美地洗了個澡，便爬到床上抱著被子睡了。

睡個好覺，神清氣爽。

隔天醒來，看著窗邊的兩棵蘭花亭亭玉立的模樣，心情就更好了。

這兩株蘭花賣相很好，一片片細長葉子翠綠發亮，葉片竟成半透明的樣子，經絡都看得一清二楚的。而葉子中間長出來的兩根細莖上布滿了花苞，現在有幾朵快要綻放了。

從外面看，其中一棵的花朵是黃色的，卻給人一種金色的錯覺；而且那半透明的花瓣看得見脈絡，中間還有紅色的點，像是含羞帶怯的美人。

而另一株竟然是綠色花瓣，要比旁邊的更寬大一點。

綠色的蘭花，就憑藉這個顏色也是能吸引一大波人，畢竟即使是後世，綠蘭也不多見。

「你們真的好漂亮啊！」

「那是，我們可是第一漂亮！」

「對對對，最好看了——」

「客官，下面的兩位爺問您要不要下樓用餐。」

柳好好詫異了下，沒想到那兩位竟然是包吃包住，真不錯啊。

她立刻開門，一看見店小二站在門口，趕緊吩咐道：「我的房間不許任何人進去，打掃也不行！」

店小二了然。百花節啊，很多人帶著自己的寶貝過來，自然是要小心為上了。

「放心吧客官，咱們這店絕對安全，保證萬無一失。」

柳好好點點頭便往下走去，就見到宮翎依然一身黑衣，若不仔細看上面的花紋有變化了，還以為沒換衣服呢。

至於雲公子，今天是一身白色錦袍，衣袖和衣襬繡著淡藍色的祥雲花紋，藍色腰封更是繡得精緻，一枚古樸卻又晶瑩剔透的玉珮掛在那裡。

頭上沒有奢華的玉冠也沒有精緻的髮簪，就是簡單地用素白髮帶把頭髮紮起來，整個人是風流倜儻，特別是嘴角帶笑，那似笑非笑的樣子更是增添幾分邪魅，再加上通身的貴氣，成為這客棧最吸引人的存在。

柳好好看了一眼，默默地在心中吐槽：騷包。

「雲公子，宮翎，早啊。」

「看看外面。」雲溪懶散地指著外面，那意思不要太明顯，不就是說她太懶，起床遲嗎？

柳好好的臉有些紅。「抱歉，昨晚睡得比較晚。」

她知道這兩個人的身分都不簡單，也不多話，自己吃自己的，眼角餘光看見兩個人吃飯，更加確定自己的想法。

雲溪吃得慢條斯理很優雅，一舉一動都是貴氣十足。宮翎吃得卻很快，乾淨俐落，並不覺得粗魯，整個人沈默而犀利。

兩個人坐在身邊這樣吃飯，讓她壓力好大啊。不過好在她上輩子的家世也算不錯，食不言寢不語的禮儀也是刻在骨子裡的，所以看上去低著頭吃東西，卻自帶一股從容。

雲溪有些意外地看著她，目光之中多了幾分認真。

三個人很快就吃完了，柳好好站起來準備去找趙掌櫃他們一起去看看活動的具體事項，但是看著兩位大爺，又有些為難。畢竟吃的喝的都是宮翎的，自己這樣用完就丟也有些過分了。

「我去找趙掌櫃和長春叔，你們呢？」

「閒來無事，要不一起吧。」雲溪晃了晃手中的摺扇，漫不經心的，但柳好好卻感覺自己無法拒絕，只能應是點點頭。

宮翎也沒有反對，三個人就這麼一起上街了。其實柳好好真的不願意和他們走在一起，兩個人都是十五、六歲的年紀，雖然五官還有些稚嫩，但是個子高長得帥、穿得漂亮，一個邪魅肆意，一個沈默內斂，站在哪裡都很吸引人。

但是她呢，一個小豆芽菜似的身材穿著粗布衣服，頭髮還有些乾枯，怎麼看怎麼覺得就是小跟班。不，連跟班都不是，就是掉到了鳳凰窩裡的土雞。

她一邊哀怨一邊走著，發現趙掌櫃身邊的小廝竟然也出門了，一見柳好好的時候立刻迎了上來。

「文近，正要去找你呢，咱們掌櫃的說，一起在涼城看看。」

柳好好沒想到趙掌櫃這麼細心，開心的同時也感恩對方的態度。她知道一個小子就算再有本事，無權無勢的時候也特別容易被惦記，別說來涼城了，有可能半道上就被人劫持了。

「趙掌櫃、長春叔，你們早啊！」

「文近來了啊，這兩位是……」趙掌櫃笑著打招呼，就看到她身後的兩個人，眼神微微一變，笑容都有些凝固。

相對於柳好好，趙掌櫃的眼神才是真正毒辣。

這兩個人，穿黑衣服的身上布料稍微差點，但也是十分昂貴的蘇城雨花錦，一疋都是十幾兩的價格。而那位白衣少年更是不得了，竟然是難得一見的雲錦，這東西顯然不是一般人能夠穿上的，不是達官貴人就是……

趙掌櫃的語氣變得有些小心翼翼的，讓柳好好有些發愣，畢竟在她眼中，這兩個人的確是有身分，可是也不至於這樣吧？

「以前見過面，這次正好又遇到了便一起逛逛。」

「這……那好。」趙掌櫃笑了笑。「只要兩位公子不覺得無聊便好。」然後又看了一眼柳好好，心中默默地嘆口氣。這丫頭估計還不知道這兩人的身分有多高貴，這是什麼運氣啊，兩位公子爺竟然跟著他們這樣的平民一起，也不知道是福是禍。

一行人在涼城的大街上走著，柳好好激動地到處看來看去。

「有錢人真多，我最想要的就是能夠把這些有錢人的錢都掏到我的口袋裡。」柳好好在心裡開始盤算著。

看著她眼中冒光的模樣，趙掌櫃和長春都笑了起來。小傢伙有夢想是好的，而且如此直白倒是讓人覺得赤誠。

宮翎一如既往地沈默寡言，不過今天挺給面子，什麼都沒有說。

雲溪輕笑一聲。「你倒是個有野心的。」

「怎麼了，還不能有想法啊？再說做生意就是你情我願的，我不偷不搶不騙，正大光明地賺錢，多好。」

雲溪笑了笑，其他話沒說，只是給了宮翎一個眼神。對方點頭，開口道：「我們有事，先走一步。」

「啊，這樣啊，那行。」柳好好笑了笑。「我會自己回去的。」

宮翎點頭，雲溪拿著扇子在她的腦袋上輕輕地敲了敲。「小子，等我們回來用晚膳。」

說完，雙手背著慢悠悠地就走了。

柳好好摸了摸自己的腦袋。簡直不可理喻，說話就好好說話，敲腦袋長不高的，這就是仇人了！

「好……文近啊，這兩位公子爺妳很熟嗎？」趙掌櫃憂愁地問道。

「那個穿黑衣服的，我和他認識時間長一點，穿白衣服的只有一次，當初是我幫他在山上找到要的東西，還給了我一點報酬呢。這次遇到，說不定是想感謝我吧！」

「喔，這樣啊……」

「怎麼了？」

「沒事，就是覺得這兩個人的身分很高，有些好奇。」

「是嗎？很高嗎？」柳好好覺得這兩個人不就是富二代什麼的，至於其他的，她還真的沒有多想。

看著她一臉無所謂的樣子，趙掌櫃覺得有些話還是別說了，在不知道對方身分的情況下也許還沒有什麼問題，若是知道了，反而找來禍端。

「走吧，我們去看看。」

柳好好高高興興地和他們去做了一次「市場調查」，發現花花草草什麼的的確很好銷售，但是奇花異草更好點，價格也賣得上去。

「長春叔，這邊挺好的。」

長春點點頭，卻什麼都沒有說，心裡卻是在盤算著以後怎麼做。

柳好好也不在意，買了一個大燒餅吃起來，快快樂樂地回了客棧。一進門就見到有個人寶貝似地抱著一個花盆，仔細一看，竟然是一株蘭花。

這是一株劍蘭，劍蘭葉闊線形，多直立，葉緣光滑，一莖著花十二朵到十六朵，花是黃綠色乃至淡黃褐色，帶有暗紫色條紋，香味甚濃。

這花開得不錯，潔白無瑕，加之葉片斜立、葉質厚，葉寬有二公分，每片葉的中脈末梢背面都有明顯的鋸齒，俗稱三面齒，簡直就是冷傲的美人。

這品種叫灕江雪，果然名不虛傳。

原來灕江雪這麼早就有了，但這個時候的，應該還不叫灕江雪。

能夠培育出這樣的蘭花，可見對方的手藝，只是這花太過於茂盛了，反而有些過猶不及的感覺。

「這花不錯啊，我們從來沒有見過通體雪白的蘭花，這什麼品種啊？」

「我……我也不知道……就是覺得好看，所以我就過來試試。」

穿著灰布長衫的年輕人有些緊張，嘿嘿笑了笑，臉上都有些紅。

「不錯啊，不過最好取個好聽的名字，這樣能爭取點名氣呢。」胖乎乎的掌櫃是個好脾氣的人，笑咪咪地給他一點提醒。

「也對。」

「真漂亮，和雪一樣呢。」柳好好下意識地說道，她可不希望這樣的美人兒被稱為鐵蛋什麼的，那多掉價。

「是啊，很漂亮。」那個年輕人也點點頭。「九月雪怎麼樣？」他小聲問道，也不知道是在問掌櫃還是問柳好好，那雙眼睛卻是亮晶晶的。

雖然沒有灕江雪好聽，但是入鄉隨俗，九月雪也還是不錯的，誰讓現在是九月呢。

「很好聽，這花通體雪白毫無雜質，花香悠遠……嘖嘖，你這花就算不會得獎也會引人注目的。」

「謝謝……」大概誇獎得實在太多了，讓他有些不知所措，臉紅地要了一間最便宜的房間便抱著花離開了。

柳好好摸摸下巴，那株九月雪長得真不錯，不過和她的兩株比就差了點。

哎喲，大家對那個小夥子的花都這麼感興趣，到時候她的花拿出來，豈不是豔驚四座？

她回到房間看著兩株安靜地在窗邊的蘭花，頓時覺得真是美人兒。其中一株顏色偏綠，現在想想應該是寒蘭中的稀有品種青素心；另一株稍微普通點，是劍蘭中的小桃紅——啊，不過這都是後世的命名，這個時代就不一樣了。

真沒想到這時代竟然野生蘭花都有這樣的品種，雖然還是有點細微差別的……柳好好心中想了想，就拿這兩株蘭花來說，青素心……

「喂，能不能不要用這麼噁心的眼光看著我們，我們這麼美，怎麼能夠被妳用目光褻瀆！」

「就是，簡直無話可說，快點把目光收回去！」

兩株蘭花突然喋喋不休起來。

柳好好揉了揉太陽穴，才說是清雅的美人，現在簡直就是菜市場賣菜的……

「行了，知道你們是美人。」

忙了一天，柳好好轉身躺倒床上，不一會兒就睡著了。

醒過來的時候，天色已晚，她想著雲溪和宮翎不是說一起吃晚飯嗎？怎麼到現在都沒有動靜？

不管了，繼續睡覺。

柳好好絲毫不在意，反正那兩個人的身分絕對不會讓自己餓著的，她下午也吃了小吃，也不太餓，這大晚上的爬起來還不如睡覺呢。

所以當宮翎和雲溪回來的時候，發現柳好好根本沒下樓。宮翎站在外面半天，最終受不了地走進去，就見到睡在床上成「大」字的人，睡姿不要太囂張。

他抿抿唇，湊上去才發現這小子比當初見到的時候要胖了點、白了點，只是還是一副瘦不拉幾的樣子，大概也就是從豆芽菜長成了細竹竿。

然後就見柳好好翻個身，帥氣地踢掉被子，宮翎只覺得眼角抽搐了一下，隨手把被子撿起來蓋好，就出了房間。

「怎麼了，那小子呢？」

第二十一章

雲溪坐在房裡，桌上都是精挑細選的菜式，見宮翎獨自一人回來，輕笑一聲。「看來是不來了。我倒是沒想到你竟然會對一個來歷不明的窮小子這麼上心，我說……」他湊上去賊兮兮地問道：「你想幹什麼呢？」

宮翎並沒有回話，沈默地坐在那裡，看來是等著雲溪動筷子。

「一點意思都沒有，也不知道為什麼把你帶出來。」雲溪擺擺手，有些無聊。「吃吧，吃吧。」

就在兩個人安靜吃飯的時候，門外傳來了敲門聲。等雲溪吩咐，就見之前跟在他身邊的那個年輕人展明走進來，雙手一拱。「雲公子，翎公子。」

從對方的稱呼上就能夠看出來雲溪和宮翎的身分地位了。

「行了，坐下來吃吧。」

年輕人坐下來，態度恭敬，不過也沒有太拘謹，顯然關係是還不錯的。

「說說吧。」

「我已經查到了，百花節上的確有人想要搗亂，也有官員想要從中謀取暴利。我已經讓人盯著了，這次的展覽比賽中肯定會露出馬腳，到時候……」

展明笑了笑，溫潤的面容卻給人一種鋒芒畢露的感覺。

「好久沒有動手了，總是有人心存僥倖呢。」雲溪慢悠悠吃著。「也別高興得太早了，這件事有沒有幕後人在支持才是我們要在意的。」

「當然。」展明微微一笑。「這次出來主要就是這個，我怎麼敢放鬆？」

顯然這句話讓雲溪很滿意。他點點頭，然後看著宮翎。「你呢，有什麼想法？」

宮翎沈默片刻，只道：「嚴懲。」

以他的想法，像這樣的人必須嚴懲不貸，否則是野火燒不盡，春風吹又生。

雲溪笑了笑。「果然。」

柳好好這一晚睡得可香了，隔天醒來，伸個懶腰，就見到窗前的兩株蘭花開了。

她趕緊從床上跳下來衝到窗前。「啊，你們開花了！」

「呵呵呵，當然，不開花我們不是性無能？」

這話都能說，你們到底是什麼，妖精嗎？

柳好好懶得搭理這些瘋瘋癲癲的話，而是仔細看著兩棵蘭花。如同她之前想的那樣，綠色的的確偏向於青素心，而這黃色的中間帶紅，很像小桃紅。

「你們很美，有名字嗎？」

「名字？那是什麼？」

「比如說，我喊你不能說喂，那株蘭花！這不好聽也不容易分辨。」

「對對，都是蘭花的確不好聽，我們要名字。」

「要名字！」

她看著兩株蘭花，目光溫柔而愛憐，輕輕地碰觸了一下那株黃色的。「你黃中帶紅，還有幾條紅色的線，便叫你小桃紅如何？至於你通體如玉，晶瑩剔透，猶如一塊上等的翡翠。便叫你素心吧！『深心太素絕聲聞，悔托靈根壓眾芬。萬古貞風懷屈子，一江白月吊湘君。香愈澹處偏成蜜，色到真時欲化雲。園榭秋光都佔盡，故應冰雪有奇文。』」

「小桃紅？」

「素心？」

兩株蘭花沈默了許久，然後努力地抖著葉子，似乎非常開心。

「小桃紅！」

「素心！」

然後這兩株蘭花就開始互相叫對方的名字，左一句「小桃紅」、右一句「素心」，不停重複著，像是無限輪迴，魔音貫耳。

她錯了，怎麼想給這兩棵蘭花取名字，這不是自己折騰自己嗎？罷了，她趕緊換衣服，洗了臉直接下樓。

「昨晚睡得可好？」

剛坐下來，雲溪和宮翎就過來了，還多了一個人。那人見到柳好好也吃了一驚，但很快就溫和地笑了笑。「小友，又見面了。來參加這次的百花節？」

「當然啦，既然來了肯定就想熱鬧熱鬧。」柳好好也不避諱。「明天就要開始了，我覺得有點緊張呢。」

宮翎意外地看她一眼。昨晚這小子囂張霸道的睡姿，還真沒有看出來緊張的樣子。

幾個人笑了笑，然後就吃起來。正吃得開心，突然就聽到一聲慘叫。

「不要啊！這是我的，不能搶走啊！」

柳好好抬頭看過去，就見昨天捧著九月雪的年輕人被人拖拽著，而那株蘭花卻被另外一個人抱在懷裡。仔細一看，那個抱著蘭花的男人一雙眼睛有些小，過於陰鷙，整個人顯得陰沈沈的，不好惹。

「誰說這是你的？這明明是本大爺的，你小子竟然敢在涼城坑蒙拐騙，搶東西搶到我手上，也不看看自己的能耐！」

「不是，這的確是我的！黃少爺，我求求你還給我吧。我帶回去，我不參加了好不好，這是我娘最愛的一株蘭花，我實在是走投無路了才會帶過來的！」

那個年輕人還在掙扎著，恨不得跪下來磕頭，可是面前這個黃公子卻是一點憐憫都無，反而嘲諷道：「證據呢，誰能證明這是你的？恰恰相反，這些人都能證明是我的。」

說著，旁邊一圈人就開始點頭，紛紛表示這株蘭花是黃少爺的。

柳好好站在那裡，皺眉看著，見周圍的人都不肯幫年輕人說一句，便知道這個叫黃少爺的身分了，典型惡霸還是地頭蛇，在這裡就是王法。

她看看自己的身材，又想想自己的身分，默默地蔫了。

不知道是宮翎敏感還是過於注意她，在她滿心沮喪的時候看過來。「怎麼？」

她一對上宮翎的那雙眼睛，突然反應過來了。她幹麼要自己上，這裡有兩尊大佛！不，三個，那個展明肯定也不簡單！

「那棵蘭花是那年輕人的，昨天看著他抱過來，因為很好看，所以我多看了幾眼。」柳好好小聲道，然後很不明白地問：「為什麼要搶花呢？不就是一株蘭花而已。」

雲溪看了過來，眼中閃過一絲興味。

倒是展明輕笑一聲。「一株蘭花的確不算什麼，但你要知道百花節勝出的話，代表著什麼。年年前三都會送到京城，而作為送上去的官員，今年的政績也是會加分的。」

柳好好頓時就明白了。官員想要有政績，那就最好把前三名送過去，而那些想要討好地方官員的人，自然必須搜集一些奇花異草，爭取在比賽中取得前三，到時候免費送給上級，再送到京城，那麼自己的身價也會快速提升。

果然啊，任何時候任何事情都能夠成為某些人飛上枝頭的籌碼。

「難道就沒有人管管嗎？」

雲溪笑了起來，那雙眼睛就這麼在柳好好身上掃了一圈，小聲地說道：「聲音小點，別忘記了你手上的花。」

可是你要說話小點的，為什麼聲音這麼大，那個還在囂張的黃公子都聽到了好不好！

柳好好瞪圓了眼看著扭頭看過來的黃公子，哪還有什麼打抱不平借刀殺人的想法了，渾身的寒毛都豎起來了。

「我好像丟了不止一株花……」

黃公子擺擺手，幾個護衛立刻把哀嚎的年輕人給拽走了。

「不要啊，黃公子我求求你了……不要……啊……」慘叫聲從外面傳來，讓客棧裡的人戰戰兢兢的，什麼都不敢說。

黃公子走過來，雙眼在雲溪的身上掃了一圈，冷笑道：「是不是你昨晚拿了我的花，告訴你，趕緊把花給我拿出來，否則的話……」

雲溪啪地打開扇子。「我沒有什麼花，本少爺來就是要買花的，這位公子的眼神不是很好啊……你看我像是養花的人嗎？」

「養花？偷花還差不多。」

顯然，這個黃公子也發現在座的幾個人當中，就這個穿白衣服的少年氣勢最強，渾身上下散發著貴氣，便認定是當家做主的。

「這位黃公子，話是不能亂說的。」

「我亂說？」黃公子笑了笑，隨手把那盆九月雪遞給旁邊的人，冷冷看著說話的展明，一隻腳踩在椅子上，躬身上前。「我就是亂說又怎麼樣，你能拿我如何？來人，給我搜！」

「慢著，若是你沒有搜到該如何？」

「如何？」黃公子似乎第一次有人這麼和他說話，大拇指伸出來指著自己。「知道我是誰嗎？」

柳好好實在是忍不住了，這句話太像電視上那些反派炮灰的口頭禪了，一種濃濃的找死風就這麼撲面而來，讓她忍不住笑出聲。

於是，她成功地把那位少爺的心思給吸引了過來。

看著像是竹竿一樣的窮小子，黃公子更囂張了。幾個人穿得倒是不錯，但自家小廝穿成這樣，頓時就鄙視起來了。

也不過如此，他身邊的人都比這個小子穿得好。

「少爺、少爺，看這個！」

柳好好臉色慘白，兩株蘭花竟然被人給拿了下來，看著有些蜷縮的葉子便知曉這兩株蘭花也嚇到了。「那是我的！」

「什麼你的，是本少爺的！」

黃少爺一看到素心的時候，眼睛都發光了，狠狠地吸了一口氣。「漂亮！」

「還給我！」

柳好好衝出去就要搶，誰知道被兩個彪形大漢擋住，她一個小身板根本沒有辦法衝過去，急得團團轉。
雲溪看了一眼，見姓黃的眼中的貪婪和笑意，嘴角勾起一抹冰冷的弧度。
就在他冷眼旁觀時，身邊一道影子閃過去，擋在柳好好面前的人就這麼飛了出去。
所有人都驚呆了，還沒有反應過來，兩株蘭花又被搶走了。
黃公子定睛一看，竟然是那個穿黑衣服的。
「大膽！竟然公然搶本少爺的蘭花，來人給我打！」
展明緩緩地站起來，隨意撣了撣身上的衣服。「不知道黃公子是要打誰呢？」他輕笑一聲。「我不知道黃安竟然有這樣一個兒子。」
「你誰啊？說什麼話呢，我可是黃安唯一的公子，在這涼城還沒有誰敢這麼和我說話呢，你倒是第一個！」
柳好好急了，看著被宮翎搶回來的蘭花，直接撲上去安慰它們。
「那些人怎麼回事，嚇死我們了，我還以為要死了。」
「是啊是啊，好恐怖啊，這些人真恐怖！」
兩株蘭花嘰嘰喳喳的，柳好好反而放心了，看來只是受了點驚嚇。別以為植物受到驚嚇是沒有問題的，嚴重的可能就死了！
柳好好心中的石頭放下來，臉上的表情也輕鬆許多。「謝謝你了。」
宮翎淡淡地點頭，把花放到柳好好面前，站在那裡不動如山，雖然年紀小，但氣勢卻是讓撲上來的幾個狗腿子們嚇得兩股戰戰。

「還愣著幹什麼啊，還不趕緊的！」黃公子見到自己帶來的人這麼慫，立刻覺得沒有面子，大叫起來。「給我打，打死了算我的！」

狗腿子們一聽，也知道不上不行了，彼此對視一眼就衝上來。然而在眾人剛剛提起一口氣的時候，這些狗腿子就瞬間倒在地上躺著哀嚎，像是丟掉半條命似的。

柳好好挑眉，沒想到這傢伙這麼厲害。

發生這一變故，就算黃公子再怎麼囂張，也知道根本就不是這幾個人的對手，但是作為涼城的霸王，這麼多年來橫行霸道慣了，怎麼受得了這個委屈！

「好好，造反了是不是，我倒想知道你們如此大膽，怎麼走出這個涼城！我們走！」

「等等。」雲溪笑了笑，伸出扇子指著他身後人手中的那盆花。「好像還有東西沒有放下呢。」

「你！」黃公子臉色都變了，他知道面前的幾個人不好惹，可是好漢不吃眼前虧，只要他們還在涼城，那就沒有什麼好怕的！

「我們走！」他氣得甩袖離去，身後的人見狀，只好把蘭花放在地上，周圍看熱鬧的人紛紛鼓掌。

那個年輕人跌跌撞撞地跑進來，看到那棵蘭花，帶著淚痕的臉瞬間掛上了笑容，那表情讓人好笑的同時又覺得心酸。

大家都為他高興的同時，卻又覺得有些擔心。甚至還有人小聲道，讓他趕緊離開涼城，這黃公子睚眥必報，看中的東西肯定不會放手的，能走的話趕緊走。

那個年輕人一聽，感激一番之後，才一瘸一拐地離開了。

柳好好皺著眉，看著那個年輕人的背影。不知道這個人能不能這樣輕鬆地離開……日後，她若是想要把生意做大，定然會遇到一個有權有勢的人，其中肯定是有像黃公子這樣的，若是……

想了想，眉頭越皺越深。她這個身分還真是一窮二白，想要找個靠山都沒有。

「在想什麼？」

耳邊突然傳來聲音，嚇得她差點蹦起來，抬頭就見宮翎若有所思地盯著自己。「我在想怎麼樣抱大腿啊。」

「抱大腿？」宮翎不解其意，疑惑地盯著她，似乎在想著為何要抱大腿，這實在是有些粗魯了。

被這樣的視線打量著，饒是她臉皮厚也承受不住，支支吾吾地道：「我的意思是……這惡霸太厲害了，今天幸虧有你們在這裡，若是以後……我想著，若是可以的話，找個有身分的合作者……」

第二十二章

「找靠山啊？」雲溪輕笑一聲。「主意不錯，就是不知道眼光如何。」

柳好好眨眨眼，也笑了。「我知道，這個不著急，想要尋求合作者也要看看自己的價值，我懂。」

「你小小年紀倒是有志氣。」

雲溪雖然覺得這個小子雖然年紀小，但是聰慧有眼光，性子也坦蕩，人也算有膽識，的確是個不錯的苗子。只是年紀還是太小了，而且在柳家村那樣偏僻的地方，能做點什麼呢？

雲溪笑了笑，什麼都沒說，倒是看了一眼展明。對方收到他的眼神之後，不著痕跡地點點頭就離開了。

「這兩株蘭花不錯。」

「那是。」

雖然小桃紅不算珍奇的東西，但品相不錯，而且長得也茂盛，就算不能獲獎也可以排得上前面。至於她的素心，那就是一等一的好，即使後世也是萬金難求的品種了。

「嗯，的確。」雲溪看了看兩株蘭花，視線落在素心身上，漫不經心地問道：「可有取名字？」

「那當然，這株是小桃紅，這株綠色的叫素心。」

「這名字倒是特殊。」

「就是為了好聽而已，從外形和顏色上取的。」柳好好自然不會說這兩株蘭花名字怎麼來的。「反正來了就是為了那個目的，好花配好名字，身價也會高點。」

「你倒是聰明。」

宮翎見他們有說有笑，眼神動了動，然後扭頭看著兩株蘭花，心中疑惑：不就是蘭花嗎？有什麼區別？

「我總覺得那個黃公子不會放棄的。」柳好好對自己的花十分有信心，而且她也知道，參加比賽的不乏有身分尊貴的人，那些人，黃公子肯定是不敢動的，只能把壞主意打到他們這些平頭老百姓身上。

連雲溪都覺得她的素心好，那些人怎麼可能不在意？這麼想著，她心裡便挺著急的。

「我要不要換個地方住呢？我可打不過那個傢伙。」

「這個意思是，你要是能打得過就打了？」雲溪似笑非笑，目光把她從上到下看了一遍，輕笑出聲。「那個姓黃的父親可是涼城最大富商，而黃家和當地的知府、守軍將領都有關係，你覺得呢？」

完全無法反抗。

這樣的勢力，果然是當地一霸啊，她一個平頭老百姓怎麼能夠反抗？看看這比賽還沒有參加呢，就被人給惦記上了。

「放心。」宮翎一如既往地惜字如金，看著柳好好認真道：「不會有事的。」

柳好好雖然覺得自己一個成年人被小孩子安慰有些奇怪，但是莫名覺得十分安心。

「嗯。」信任來得莫名其妙，卻又覺得理所當然。

「嘖嘖。我說小羽毛兒，從來沒有見到你對誰這麼上心呢，這麼護著。」雲溪意味深長地看著他。「只是我看這小兄弟將來是要做大事的，小羽毛兒可要知道，自己不夠強可是護不住的。」

宮翎的眼神忽地暗了暗，而柳好好倒是有種直覺，因此把這兩個人的身分再次往上提高了不少。

不過這想法卻是隱藏在心底下，該怎麼對待還是怎麼對待，若是太過於小心翼翼，只怕這點小小的見面之情也會維持不住了。

「行了，你就安心吧，這傢伙既然答應保護你，自然不是說說的。」雲溪見大家都不說話，也沒有什麼興致了。「我還有事，就不陪你們了。」

說完對著宮翎的方向輕輕地點了點頭，轉身就走了。

宮翎也沒有什麼表情，對著柳好好說道：「我送你回房間。」

柳好好點點頭，看了一眼宮翎，想了想什麼都沒有問。之後就見宮翎拿著劍離開，想來是和雲溪有什麼事。

涼城複雜，她又不是準備一口吃成胖子，一步一步來，到時候……抱大腿什麼的肯定是要做的，但如同她所說，該怎麼抱是很有學問的。

第一輪是海選，好像要兩天時間，柳好好在大清早的就抱著自己的兩盆花出門了。哪知道宮翎竟然站在外面，直接接過小桃紅，很自然地道：「我陪你。」

「你不是有事？」

「嗯，不耽誤。」

見他這麼說，她也沒有矯情，高高興興地跟著他來到花展現場。天還沒有亮呢，竟然已經有不少人了。她踮著腳很快在人群中找到了長春，擠過去就見到長春手中的一盆茶花，花冠大，顏色深，雍容端秀，低調奢華，讓人一眼看過去就喜歡上了。

「怎麼樣，開得還不錯吧？」顯然對於這茶花，長春也是非常驕傲的，他可是花了幾年的時間精心培育出來的，雖然沒想過拿到前幾名，但是絕對能夠驚豔眾人。想到自己的心血被人肯定，長春的臉上就露出笑容來。

「你的花也不錯。」

「嘿嘿，運氣好，從山上找到的。」

「呸呸呸，我是第一美，妳這個小丫頭竟然敢誇那個醜傢伙，信不信我抽妳啊！」

「哼，說了這個丫頭就是壞心眼，肯定是要奉承別人呢！」

她好像又忘記了，這兩株蘭花是一點就爆炸的脾氣。只是這邊實在是太多人了，不方便說話，所以只能小心地伸出手輕輕地撫摸著，希望讓他們閉嘴。

可是，蘭花們似乎並不願意接受這樣的示好。

「哼！」

柳好好突然聽到清脆的冷哼，一看過去就見長春叔的那棵茶花涼涼地說道：「土包子。」

「什麼！」

「誰?!」

「哼，沒見識。」

又是輕飄飄的一句，但是成功的點燃了兩株蘭花的脾氣。

不知道為什麼，柳好好挺想笑的。

這時就見有人過來，將想要參賽的人一人發了個號碼牌。

「多少號？」

「一百五十二。」

「我是七十九。」

長春和她說了兩句，柳好好笑了笑，回頭就見到宮翎手中也拿著一個號碼牌，一百五十四號。

這是她想好的，兩盆分開比賽，這樣容易照顧一點。

「打起精神啊。」宮翎看著面前矮個子的小子。

柳好好絲毫不知道自己在他心目中竟然是矮個子的小子，不過就算知道了也只能憋屈地應著，誰讓她的確個子矮呢？

「七十九號！」

等了好久，太陽都已經很高了，終於見到長春上去。臺上坐著十來個品鑑的人，他們看了一眼之後點點頭，長春就笑著下來了。

「我入圍了。」

柳好好見到那株碩大的茶花，這應該是紫袍中的一種，的確漂亮，能入圍也是應該的。

很快輪到她和宮翎帶著花上去，幾個人一看紛紛點頭，可見這兩株蘭花的確不錯。

坐在右邊位置、一個大約五十多歲的老人，看到小桃紅的時候，眼光亮了亮，等他看到宮翎手中的素心，激動得差點站起來。

「好、好，真是好啊！」

大概也是個愛蘭的人，才會有這麼大的反應。

柳好好頓時覺得心情明媚起來了，對著那個人笑了笑，特別乖巧，看得宮翎眼角都要抽搐了。

好在沒有耽誤多久，兩盆蘭花都入選了。柳好好開開心心地拿著第二輪的號碼牌抱著小桃紅走在路上，嘰嘰喳喳地暢想著未來。

可是這邊開心，總有別人不開心，特別是當某人知道這兩盆蘭花都入選了，而且德高望重的文老竟然情緒激動，連誇三個好，怎麼可能放過呢？

宮翎把柳好好送回去之後就離開了，只是沒想到他前腳剛走，後腳那個黃公子就帶人過來了。

「掌櫃的，那個窮小子呢？」

「黃公子，您這是說誰呢？」

「還能有誰，就那個黑黑瘦瘦的小子，穿著舊衣服的，這小子偷了本少爺的錢，真是不想活了。」

掌櫃的一聽，這是哪和哪啊，根本就是這位黃少爺想要找碴吧！

掌櫃的哪敢承認啊，額頭上都是汗珠，趕緊對旁邊的小二使了個眼色，自己彎著腰小聲地說道：「那個小子的確沒有錢，可是他主子有錢啊，那幾位……」

「呸！」黃雲山顯然是不耐煩了，揮揮手就讓人上樓去找人。

掌櫃的一臉苦澀不停賠笑，可是見對方這樣胡攪蠻纏，泥人也有三分性子，之前讓著不過是不想給東家找麻煩罷了，但是這種情況再忍下去，那就是丟了東家的臉。

「少爺、少爺，房間裡面沒有人。」

「不可能，給我搜！」

「黃少爺，您可想好了，您也知道咱們這客棧住的人身分都不簡單。」

黃雲山的臉色變了變，但是掌櫃的說得沒錯，這家客棧的東家聽說大有來頭，而且這客棧可是在涼城數一數二的，有身分的人來涼城自然是選擇這一家。他雖然囂張霸道，但是也明白，得罪的人太多了，就算是父親也沒有辦法善了的。

「好。」黃雲山冷笑一聲。「既然如此，咱們也不搜了。來人啊，把這客棧給我圍起來，我倒要看看那個小子能帶著花跑到哪裡去！」

顯然是不肯放手了。

這讓在場的人臉色都變了，可是誰也不敢說什麼。

的確這裡住的人都是有身分的，但是掌櫃的也知道，真正的貴人們大部分都是有自己住處，而他這裡並沒有鎮得住黃雲山的人。

柳好好早就聽到樓下的聲音，剛準備出去看，就見到店小二匆忙趕來。

「這位小哥趕緊走，黃公子來了。」

「啊？」

「這是奔著你的花兒來的。趕緊的，從這邊。」店小二也不知道掌櫃的為什麼會幫助這個窮小子，但是他看著柳好好這樣，帶著花來到涼城也不容易，想著心裡也多了幾分同情，便打開窗戶。「你趕緊跳出去，我幫你把花遞過去。」

柳好好點頭，身形俐落地爬出去之後，店小二果然把蘭花給遞過來了。

「從右邊，那邊是最末的客房，你找一間躲起來。」

「我知道了，謝謝你小哥，也謝謝掌櫃的。」

「去吧。」店小二一臉焦急，趕緊把房間稍微收拾一下，看不出來有什麼問題立刻跑了出去，然後小心地躲在其他小二的後面。

柳好好整個人都有些懵，但抱著蘭花跑得也不快，跌跌撞撞地要找空客房，可是誰知道一不小心竟然跑錯了。

「誰?!」

柳好好嚇了一跳，懵得更厲害了，但是很快回過神。「抱歉，我慌不擇路，跑錯了。」

這時，屏風後面走出一個人來。柳好好一看，頓時臉色就有些變化。

就見面前一個十幾歲的年輕人，明眸皓齒，那雙眼睛顧盼生輝，帶著審視的目光盯著她。一看清楚之後，倏地笑了。「我說小子，知道亂闖別人的房間是什麼後果嗎？」

柳好好抿抿唇，看著對方身上的衣服低調奢華，腰間的玉珮更是晶瑩剔透，絕對是個有錢人。

「我……因為有人想要搶我的花，所以我……」

「美人啊！」

自己還沒有說完呢，柳好好看著手中的兩株蘭花，臉都黑了。這兩株蘭花一看到面前的這人就成了癡漢，簡直就是丟人。

「好好，我要跟著她，這是美人啊，只有美人才能配得上我！」

「怎麼了？」

那人見她神色不停變化，心中好笑，低頭看著她手中的兩株蘭花，眼中閃過一絲詫異，但很快就消失，恢復正常。

「我這就走。」柳好好覺得臉上有些燒，總覺得若是再待下去一定會忍不住說出來的。這是個女扮男裝的姑娘。

那位年輕姑娘走過來看著柳好好手中的蘭花。「這賣不賣？」

柳好好抿抿唇。「我還在參加比賽，等到比賽結束了……」

「這樣啊。」那姑娘笑起來，眼睛彎彎的。「那行啊，既然是想要比賽，肯定是想要好名次，要不要我幫忙？」

「不用不用，我就是見識見識。」

「喲，挺有骨氣的啊。」那個女子笑了笑。「行，不過這花我看上了，到時候不管怎麼樣，你得賣給我。」

她說得理所當然，看來是身分讓她習慣了這樣發號施令。

「這……」

「沒有什麼這不這的，不會少你的銀子。」

柳好好眨眨眼睛。「那行啊，反正我也是要出手的，既然您喜歡自然是好的。不過……」

「怎麼了？」

「樓下有人想要搶我的花，之前對方就搶過一次，被貴人給制止了，現在又來。我要找地方躲起來，哪知道跑錯了地方。」說到這裡，她真的有些不好意思，作為一個方向感極差的人，轉了兩個彎之後完全找不到小二說的地方，見這間房沒有聲音，還以為裡面沒人。

「那沒事，你就在這裡待著，我出去看看。」說著她就要出去。

柳好好目瞪口呆，覺得這個女孩子是不是有些傻？這麼好的房間，她可不相信沒有什麼貴重東西，就這麼放著不怕嗎？

柳好好抱著兩株蘭花就這麼乖乖地坐在椅子上，看上去特別傻、特別呆。

等到那人回來的時候，推門就見到這樣的情景，扭頭對身邊的人說道：「看吧，我就說了，這人是個老實的。」

柳好好一聽，抬頭就見這個女子身邊站著另一個人，看上去應該也有十七、八，不過古人早熟，這年紀想來已經是家裡的頂梁柱了。

第二十三章

這個人穿著青色長衫，巴掌寬的腰封繫著，上面還鑲嵌著幾顆漂亮的玉石。一雙眼睛十分具有攻擊性，看過來的時候帶著審視與漠然。不過待看清之後，臉上忽又帶著笑容，那股凌厲的氣勢就消失了，整個人變得和煦而親近。

柳好好心裡吐槽，一看就是在商場上混的，能夠如此自然地變臉，真是佩服佩服。但是她面上卻帶著幾分怯意和不安，抱著花的手也緊了幾分。

「坐。」男子微微一笑，示意她坐下來。「聽子晴說，你的花準備參賽。」

「是。」

「是為了錢？」

柳好好愣了一下，轉而笑了笑。「是也不是。我在我們家鄉承包了一座山頭，準備以後賣些花花草草之類的，這次來一是想要賺錢，二是想要見識見識，三也是看看這花草的行情。」

「哇，沒想到你年紀不大，心不小啊。」

柳好好張張嘴，覺得年紀說出來有點不好意思。「其實我十歲了。」

兩個人打量了一眼之後，一副不相信的樣子。柳好好猛地站起來。「我真的十歲了，就是長得不怎麼壯實。」

「噗哧，倒是挺好玩的。」女子笑了笑。「我比你大了四歲，我到現在還是想著只要出去看看，你倒是想要做生意了。」她的嗓音清脆，讓柳好好都不知道說什麼好了。

「男兒志在四方，的確不錯。」男子輕笑一聲。「這花不錯，獲得名次不成問題，不過想要得獎難。」

「嗯，我知道。」

這樣的比賽其實很多都是為了給某些人出名的機會，讓那些有權有勢的人光明正大地往上爬。簡單來說，前面獲獎的，都是有權有勢的。這麼一想，估計面前的兩個人也是來參賽的。

「你們也是來參加比賽的？」

「哈哈哈，你倒是挺聰明啊。」

「那你還要我的蘭花幹麼？」

「好看啊，雖然得不到名次，但是這品相也是數一數二的。」女子笑了笑，眼睛亮亮的。「對了，我叫子晴。」

柳好好一愣。「我叫柳文近。」

「我是喬木遠。」突然，男子開口了。「我有一個苗圃，叫橋園。我挺喜歡你的蘭花，按照市場價收購如何？你別急著回答，我的橋園很大，既然你想要做花卉生意，說不定日後我們還會有來往的機會呢。」

好大的一個誘餌。

雖然目前為止，她什麼都沒有，但她可以肯定的是，自己一定會出人頭地的！這個橋園雖然沒聽說過，但是她能從兩個人的身上感受到那種在上位者的氣息，絕對不是簡單的人。每個人在自己的位置上坐久了，身上就會出現屬於該身分的氣場。柳好好相信，這兩人是大有來頭。

還沒有等她回應，就聽對面的男人輕笑一聲。「你覺得自己能護得住這花嗎？」

柳好好轉念一想，便懂這話的意思。現在還沒有怎麼樣，這個姓黃的人就不放手，若是等到比賽之後，肯定無數人想要她的花，到時候給不給誰都是得罪人。

「為什麼要幫我？」

「看你順眼。」喬木遠笑了笑。「這蘭花入了我的眼，自然是想要的。而且我橋園在這一行也算是翹楚，小兄弟既然有想法，我也覺得挺不錯的。」

感覺這個人很厲害啊！柳好好想了想，看著兩株蘭花激動得都快要顫抖起來了，她覺得自己再端著，今晚都睡不好了。

「好。」

「爽快。」喬木遠看著她手中的蘭花，笑了笑。「若是小兄弟日後還有如此品相的花草，希望能第一時間想到我們橋園。」

柳好好眨眨眼。「還早呢。」

喬木遠笑而不語，而一邊的子晴已經迫不及待想要摸摸蘭花了，這可是她第一眼就看上的。

「我說你的花圃叫什麼名字啊？」

柳好好眼珠子轉了轉。「如意園林。」

「園林？」

「當然，如果只是賣這些奇花異草的話，那麼我將要面對的都是有身分的有錢人，但是這一部分人說實話……」

柳好好見有人和自己聊這個，一時開心便開始說起來，當然重點的沒有說，只是說些天馬行空的想法。

子晴坐在一邊，瞪著眼睛看著她，半晌低聲道：「你這計劃聽起來不錯，但是很難啊……」

柳好好才不會坦白說，自己種植花草有多厲害呢。「姑娘……」

「什麼姑娘，你說什麼呢?!」子晴一驚，蹦起來掩飾地說：「小子，告訴你，小爺我可是頂天立地的男子漢！」

柳好好眨眨眼睛。「姑娘，下次扮男裝的時候不要抹香粉，而且妳……太講究了。」

男人和女人的講究是不一樣的，所以這位姑娘言行舉止實在是太女性化了，除非這時代的人都是瞎子。

果然說完之後喬木遠笑了起來，寵溺地看著子晴。「好了，說了不可行妳還不信。」

「你你你——」

此時，聽到樓下的聲音，喬木遠伸頭從窗戶看了一眼。「人已經走了。」

柳好好站起來道謝。「多謝相助。」

見他還行了禮，喬木遠也坦然受著。若不是看這小子比較順眼，這些話是一個字都不會說的。

「文近！」

展明的聲音忽然傳來，柳好好蹭地從椅子上跳下去，一開門，就見到他身後的宮翎，還有笑咪咪的雲溪。

「你們回來了！」

宮翎抬頭看了一眼喬木遠，渾身煞氣，即使這個剛才笑咪咪的男人也差點承受不住。大概是見柳好好沒事，他又把目光收回去，氣勢便收斂起來。

然而即使那麼一瞬間，喬木遠也知道此人十分非凡。

再看看柳文近，他只覺得眼皮子都跳起來了。明顯這三個人身分都不簡單，這小子說的美好前程是不是真的可以實現？

「這次的事情多謝了。」

展明在幾個人當中，身分雖然不差，但還比不上那兩位，即使宮翎是庶子，但是出身侯府，所以在外面一般出來打交道都是他。

「這次我們疏忽，文近膽子小，擾了二位，很是抱歉，今晚若是不嫌棄的話請二位賞臉一起用膳。」

喬木遠笑了笑。「不用了，小事一樁罷了。再說這緣分一事真的很奇妙，小公子不小心進入我們的房間，而我們也剛好得到心儀的花草，這也算是我們占了便宜。」

幾個人又寒暄了幾句才分開。

雲溪似笑非笑地看著柳好好。「你倒是挺有本事的。」

「咋了？」她大言不慚地笑了起來。「我也是天生運氣好，不然怎麼認識你們呢？」

這麼一說，雲溪反而贊同地點點頭。「倒也是。」

一般人想要結識他們，那可是難上加難，偏偏這小子運氣好遇到了，還找到了他想要的東西，不得不說這小子的運氣真讓人嫉妒啊！

「明日便是第二輪比賽了，好好休息吧。」心情好，他便好心交代了幾句就離開。

宮翎未走，而是看著柳好好。「放心，沒事了。」

看著宮翎的表情，她突然有些不確定對方來涼城的目的，真的只是為了在花展上尋求兩盆花回去嗎？

想了想，她決定不管不問。

「沒事的。」大概是她沈默的時間太長，宮翎乾巴巴地又說一次。

柳好好試探地問道：「你在安慰我？」

宮翎沈默片刻，點了點頭。

她忽地笑了，雖然個子小，但是皮膚已經隱隱約約白了許多，再加上心情好吃得好，臉上也不是之前那樣瘦得脫形，整個人精神很多，特別是這雙眼睛，笑起來的時候就像小月牙似的，讓宮翎看得愣了愣。

「謝謝啊。」

宮翎的臉上浮現些許笑容，只是一閃而過。

等他離開之後，柳好好便瞪著一雙眼睛看著兩株蘭花，結果這兩株蘭花也不知道是不是自知理虧，都在裝死，怎麼也不開口。

「呵，人家顏值高就趕著要跟人走是不是，嗯？」

她氣死了，這段時間可以說是盡心盡力地照顧這兩株蘭花，結果一見人就被勾走了，這感覺就像是辛辛苦苦撫養的孩子被個混蛋叼走一樣的憋屈。

小桃紅和素心也有些不好意思了，小聲道：「我們也不是故意的，就是一時激動而已。」

「其實我們也捨不得妳啊，這世上除了妳再也沒有人能聽懂我們說話了。」

聞言，柳好好的情緒才稍微平復點，看著兩株蘭花，嘆口氣。「你們以後要好好的，想來那兩位的身分不簡單，既然看中你們，肯定會好好帶你們的。以後不在我這邊，你們別這麼聒噪……不對，就算聒噪也沒有人聽得懂。這樣吧，我把你們需要的東西寫下來，到時候一起交過去。」

「好啊，好啊，我們就知道好好是最好的了。」

一連幾個好，簡直都要頭暈。

柳好好又給它們澆了水，順便把葉子擦乾淨，第二天，信心十足地帶著蘭花參加比賽了。

此時，站在比賽場地前方的茶樓上，一襲鵝黃裙裝的年輕姑娘帶著好奇看過去，那張精緻的小臉上寫滿了好奇和激動。

「木遠哥，這邊好熱鬧！」

喬木遠有些無奈地看著她。「小心點。」

「知道了，反正不會掉下去的，你放心。」子晴根本不在意，依然伸長了脖子看著。

「木遠哥，那個柳文近上去了，你說他的蘭花會不會被人看中？」

「當然。」喬木遠悠哉悠哉地說道：「戴老本身就是個愛蘭花的人，又是個大儒，不知道多少人想要投其所好。」

所以那個姓黃的才這樣大張旗鼓。

果然，評選時就見到很多人對柳好好的兩株蘭花評頭論足，很多人把自己手中的小木牌遞過去，她的面前很快堆了一疊的小木牌，哪怕不用數也知道肯定能進入最後一輪了。

所以還沒有結束呢，就有人來找柳好好了，意思是要把這兩盆花給買過去。

「沒想到竟然這麼多人看中了。」

喬木遠笑了笑。「誰讓這次戴老參加了呢。」

戴老是當朝大儒，即使沒有在朝為官，但是手下成才的學生沒有一百也有幾十，大部分都有官職。不僅如此，還有好些繼承了他的志願，也開始教授學生，完全可以說是桃李滿天下。他不愛財不愛名利，偏偏對蘭花情有獨鍾，所以很多人也就抓著這個想要討好他。

知道自己的蘭花晉級了，柳好好開心之餘又覺得有些煩躁，幸虧早早地把蘭花給賣掉了，不然還真的不好說。

「抱歉，我已經把蘭花賣給橋園的人了。」

柳好好一臉歉意，見對方遺憾，心中如釋重負，然後趕緊抱著蘭花離開現場，決定最後比賽的時候再出現，否則絕對沒有好日子過。

「真瘋狂……」

柳好好癱軟在茶樓椅子上，雙眼無神。

趙掌櫃的笑了笑。沒想到這小子還真的一鳴驚人。「當然，畢竟這是三年一次的盛世呢，再說你的蘭花的確很漂亮。」說不羨慕是不可能的，但也知道這是她的運氣。「好在妳早早地把蘭花賣給橋園，不然絕對麻煩。」

「橋園很厲害？」

「簡單地說，他幾乎承包了皇宮的花木，妳覺得呢？」

即使說什麼商人低人一等，但是成為皇商，這地位……柳好好嘖嘖了兩聲，不由得為自己的運氣開心。

原來穿越不僅僅有金手指，還有好運氣呢！看來老天爺覺得她上輩子太倒楣了，所以好心給她轉運了。

嘿嘿，這是福氣，得好好地抓住了。

比賽進行得很快，柳好好的兩株蘭花雖然沒有擠進前三名，但是素心卻擠進了前十，排行第六，讓她瞬間紅了，身價就這麼炒熱了。小桃紅也不簡單，排行第十八，身價也不同往日。

「我這是不是發財了？」柳好好呆呆看著趙掌櫃。

趙掌櫃笑了笑。「是啊，不過妳的蘭花不是賣給了橋園嗎？之前和妳商量過價錢嗎？」

柳好好覺得好難受啊，總覺得到手的銀子就這麼飛走了，有人都喊到了五千兩！五千兩，像他們柳家村的村長，生活那麼好，一年也不過三五兩銀子的開銷，所以五千兩是什麼概念，那就是後世的百萬富翁啊！更別說還有小桃紅了。

這兩個傢伙果然爭氣，可是她已經把花給賣了，還不知道是多少錢呢，心好痛……

第二十四章

這時，柳好好抬頭，就見到喬木遠和子晴二人找過來了。子晴今天穿得很漂亮，火紅的裙裝加上精緻的首飾，撲面而來的貴氣直接把周圍人的目光給吸引過來了。

「文近小兄弟。」喬木遠打笑了笑。「恭喜啊！」

感覺這恭喜好像是在恭喜他自己似的，現在那麼多人想要她的花，結果都被告知讓橋園的人給買走了，誰有眼光，誰最高興，肯定是面前這個人啊。

喬木遠見到柳文近一臉不捨的模樣，心中好笑。

「我們是來拿你的花的。」子晴倒是沒注意到，伸出手就要把蘭花給拿過去，柳好好見狀，覺得自己的心都要碎了。自己養大的娃就這麼送人了，還是這麼便宜送……

大概是表情太明顯了，喬木遠從懷裡掏出幾張銀票，柳好好下意識地接過來，本來不抱什麼希望的，但是當她看見銀票的面額，瞬間就呆了。

兩株蘭花，對方給了八千兩！

她覺得自己大腦裡都是銀子在飛，一張小臉怎麼都控制不住，那彎起的嘴角都快要飛起來了。

喬木遠把蘭花交給手下的人，見他們小心翼翼地捧著，點點頭。「你要知道，有時候很多東西不是錢可以買得到。」

「不不不，做生意銀貨兩訖這個我還是懂的。你沒有壓價，甚至還給我這麼多，算起來是我欠你一個人情。」

說白了，他們當初說的時候，蘭花的身價並不高，即使品相不錯，卻也不值得這麼高。但是喬木遠沒有壓價，甚至給得這麼高，足以證明對方是真心誠意的。

「那這樣，我們互相欠對方一個人情如何？」

柳好好看著喬木遠，再一次深深地為自己的運氣感到開心，點點頭。「好啊。」

「那我就等著文近小兄弟能夠一鳴驚人。」

「那我也等著木遠大哥到時候照拂一二了。」

「還有我、還有我！」子晴見狀，趕緊叫起來。

柳好好看過去，對著子晴笑了笑，視線又停在兩株蘭花身上，小聲道：「再見。」

「再見，好好，我們會想妳的。」

「嗯，我們一定會想妳的。」

不知道為什麼，柳好好突然覺得眼圈有點酸。

「你放心，我自然不會委屈這兩株的，會送到真正愛花之人的手上。」喬木遠也是養花人，對這些花草也有特殊感情，自然理解對方的不捨。

「謝謝了，這個是我整理出來的，你看看能不能幫助它們。」說著，把蘭花的一些培育知識遞過去。

喬木遠第一眼看見，頓時有些無語，不為其他，只是因為這字……實在是太醜了，而且還有好多錯字，缺筆少劃的，簡直無法形容。

「這是……」

喬木遠原本被這些醜陋的字弄得詫異，等看明白了上面寫的東西，整個人都驚呆了。許久，才幽幽道：「看來，文近果然是愛花之人啊。」

畢竟能夠把蘭花的習性、細節都了解如此清楚的人，沒有幾個。

最後，柳好好開心地揣著錢回去，只是一路上趙掌櫃卻是擔心不已，雖然沒看見多少，但是看那銀票的厚度和柳好好的表情，也知道肯定不少。

「好好，回去的路上咱們一起。財不露白，妳應該知道。」

柳好好也覺得自己有些得意了，便點點頭。「我會的。」這些錢就是她創業的資本，可不能弄丟了。

然而她滿懷希望回去的時候，卻不知道村裡已經鬧翻了天。

至於此時，一臉笑意的雲溪搧著扇子，慢悠悠的，臉上帶著幾分得意，本來就有些張揚的五官更是顯得邪氣滿滿。

「沒想到這小子運氣倒是不錯，變相幫了我們大忙。」

展明也笑了笑。「我也發現了。」

雲溪斜著眼看著宮翎，似笑非笑地道：「這次立了功，是否有什麼想法？」

宮翎沈默。「從軍。」

雲溪愣了一下，看著他半晌，道：「我就知道你有這個想法。只是你可想過從軍的代價？而且你是要去哪裡？雖然大慶國看起來很平靜，但實際上內鬥不止，外患未平，你……」

「西北。」

西北乃是大慶國最大的隱患之地，天狼國虎視眈眈，時不時就要越過邊境來搶奪一番，令百姓苦不堪言。好在鎮守西北的大將軍乃是用兵奇才，且是個剛正不阿之輩，威望頗高，被世人稱讚為定海將軍。

雲溪複雜地看了他一眼，這位大將軍雖然厲害，但是如今年紀已高，皇上正準備找個可以替代的人呢，宮翎此時這個想法，顯然是有目的的。

「你想好了？」

「嗯。」

雲溪想了想，心中卻是有了想法。這宮翎是個有本事的，鎮安侯府的水太深，他的身分也尷尬，不如趁著這個機會去西北，還有出頭的機會。

「行，既然如此便幫你一把。」

宮翎看了他一眼，點點頭。

「對了，你去參軍難道不和那個小兄弟說一聲？看你的表現，總覺得你對他過於關注啊。」

雲溪笑得有些奸猾，然而並沒有得到對方的回應。他倒也沒有什麼不快，只瞇著眼睛笑著。「有趣。」

「王爺……」

雲溪，真名蕭雲奚，乃是當今皇上第六子，被封為睿王。而展明則是長安侯府世子，跟著這位爺天南海北地跑，如今事情辦妥了，臉上喜意也多了幾分。

「王爺這是有意提拔宮翎，可是宮翎的家族……」

宮翎是鎮安侯的庶子，母親是個奴婢，因為被侯爺醉酒寵幸，成了夫人的肉中刺眼中釘，不然為什麼才十三歲就被扔到柳家村這樣偏僻的地方「鍛鍊」，顯然宮家就沒有想要他活著的。

更別說，宮家支持的是四皇子，當今的勤王殿下，是他們的敵人。

可蕭雲奚只是笑了笑，擺擺手沒有解釋。

懷揣鉅款的柳好好終於到家了，可她剛到家就聽娘說大力叔家出事了，趕緊過去，哪知道一進門只聽見柳王氏在地上打滾哭嚎。

「憑什麼啊！你們得給我銀子，憑啥我們要賠！」

「大伯母，怎麼一段時間不見，還是在這裡撒潑呢？兒子在呢，這樣是不是不好啊？」

一進門就聽到吵架，柳好好頓時怒了。

柳大力氣得直喘氣。原來這柳大郎家見他賺錢了，竟然無恥地想和他搶生意，哄抬價格、拉低質量，現在虧本了竟然怪他們，簡直就是可惡。

「可是，我們損失的……」柳王氏還不死心，結果被柳好好似笑非笑的眼神掃了一眼，氣得脖子都粗了幾分。

「損失？我們的損失才大！我絕對不會善罷甘休的，看看這地上都成什麼樣子了，這些說什麼也值四兩銀子！」小劉氏可不是好脾氣，被人欺負成這樣怎麼也要掙回來。

「大郎。」

此時，村長已經沒有之前的和顏悅色，作為一村之長，身分地位輩分自然都是不同的，若村長真的生氣了，到時候他們家在村裡肯定是要倒楣的。

「好，我賠！」

柳大郎臉色青白，四兩銀子不是拿不出來，但是出得有點虧。

他惡狠狠地看了一眼柳好好，對著柳王氏和兒子柳得金低吼道：「還不回去！」

柳得金大概也沒有想到會是這個結果，沒有訛詐到柳大力家的錢，還倒貼了四兩，心情可見是有多生氣。

他看著已經快有大半年沒見到的柳好好，只覺得這個丫頭和當初天差地別。

以前只要他站在那裡，柳好好就會嚇得躲起來，可是現在呢，不卑不亢，甚至眼神中還帶著鄙視。

他經過柳好好身邊的時候，冷笑道：「我們走著瞧。」

柳好好也沒有客氣，笑道：「好啊。」

這個叫柳得金的大堂哥也不是個好東西，貪婪自私還小心眼。

村長見他們走了，看著滿地狼藉，也心疼死了。「大力，你也別跟這些頭腦不清楚的生氣，咱們……」

「沒事村長，我還是那句話，願意跟我柳大力做生意的那就繼續，要是不願意我也不強求。不過，我和柳大郎他們家從此不會再往來！」

村長看著柳大力，什麼話都沒有說。

小劉氏也非常生氣，看著周圍還沒有離開的人，冷笑道：「大家今天可是看見了，總有人見不得別人好，以為我們家好欺負是不是，你們愛賣不賣，不賣拉倒！」

大概是鬧得有些難看，稍微有點遠見的都知道，要想把生意做長久，像柳大郎家的那種肯定不行，於是當場就有很多人要繼續合作。

「口說無憑，若是下次再遇到這樣的事情，對大家都不好。」柳好好突然開口道。

「那要怎麼樣？」

「寫契書。」

大家你看看我、我看看你，不大明白為什麼要這麼做。柳好好淡淡道：「其實寫了契書對大家都好，若是大力叔違反了契約，只要拿到村長那裡，自然是有證據的，可以讓大力叔賠償。當然，若是各位違反了契約，到時候大力叔也是可以要求賠償，或者從此不再和你們合作。」

「啊？」

「這只是一個保障而已，畢竟一個村子，抬頭不見低頭見的，鬧得這麼難看不好。」柳好好見他們躊躇，繼續道：「而且拿著契約，走到哪裡都有理是不是？」

「對，簽契書！」大虎腦筋快，自然反應過來了。契書可是保障，若是到時候有人反悔或者使壞，就可以說理了。

這麼一說，村裡人紛紛答應簽契書了。

柳好好讓文遠過來寫好契書，雖然文遠的字不是很好看，但是在村裡已經不錯了。然後她把契書交給村長。「村長，您過目。」

村長一看沒有什麼問題，明確寫出成交價錢還有違反契約的後果，點點頭。「可以。」

「那就按手印吧。文遠把他們的名字寫上去，然後按手印就好了。大力叔，你也來。」

這一番忙碌下來，大家都拿著契書看了看，雖然沒有看明白，但是剛才村長說的他們還是知道，這其實是對雙方的約束。

所有人都走了，小劉氏看著滿地的狼藉，心疼得無以復加。「要他們四兩銀子簡直就是便宜他們了！」

「算了。」

柳大力其實心裡也難受，但是損壞的其實沒有這麼多，四兩銀子已經可以彌補了。

「那個柳得金從小就是壞心眼，什麼事都要摻和，這次回來絕對沒有好心。」小劉氏憤怒地道：「好好，我覺得得金就是知道妳包了山頭，想要打什麼壞主意呢！」

柳好好想到方才柳得金看自己的眼神，點點頭。「我會注意的。」

「嗯，他們一家子都不是什麼好人。」小劉氏一邊收拾一邊叮囑，反正在她眼中，這柳大郎一家就成了十惡不赦的人。

「好好，這次去的時間這麼長，沒事吧？」

「沒有，還有好事呢！」柳好好笑了笑。「我的花賣了不少錢，也算不錯了。大力叔，我覺得柳大郎他們肯定會耍手段，要是柳得金亂說什麼，你也可以和醉春樓的老闆簽契書。」

「我知道，妳放心吧。」

紛爭落幕，大家的心情也好了些，不一會兒便把家裡收拾乾淨。

柳好好回去之後，見到母親擔心地坐在門口，快走幾步。「怎麼了，娘，別累著。」

「我能累著什麼啊，別擔心。」柳李氏笑了笑。「妳大力叔他們沒事吧？」

「沒事，就是想找事，自己投機取巧結果虧本了，非說是大力叔打壓他們，想訛詐點錢呢！」

柳李氏一聽，臉上都是擔憂。「只怕……」

「不怕，他們要是再敢鬧，我們也不客氣。而且看來村長也不高興了，不會讓他們這樣繼續下去的。」

柳李氏顯然不相信。之前被欺負成那樣，村長也不過是不輕不重地敲打幾句，到後來柳好好差點被賣了不也是沒有說什麼。

「之前不一樣，算是咱們家務事。現在呢，是村裡的大事，村長畢竟是村長，總是要從大局出發的。」

柳李氏一聽，又覺得有道理，心情好了幾分。「那就好，那就好。」

柳好好猜得一點都沒錯，若是以前村長最多就是說幾句、罵幾句，但是現在看著柳大郎家竟然貪心地差點斷了村裡人的財路，這還得了。

柳家村三面環山，路不好走，去鎮上都要那麼長時間，更何況是縣城。本來土地就不多，一家人從田裡摳出來的只有那麼點銀子，如今可以把山貨賣出去改善生活，這可是大好事，可不能讓人給破壞了。

所以回去之後，村長便把自家幾個兒子召集來。

「你們做生意就要老老實實的，別學大郎家。還有，看著點大郎家，別整出什麼么蛾子。」

「爹，怎麼了？」

村長皺皺眉。「你們也看到了好好最近的變化，雖然我不知道她的樹苗是否可以掙錢，但是我有預感她會做得很好。大力家的生意也是好好出主意的，你覺得怎麼樣？」

老大柳一龍想了想，認真地道：「大力家雖然從每家每戶賺得不多，但是累積起來就不少了。這段時間咱們也看到了，買牛車、買米麵……生活變好了很多，也不像以前那樣……」

「嗯。」村長又問道：「那你覺得我們家現在如何？」

幾個兒子認真想了想，說道：「好像也變好了不少。」

「為什麼？」

第二十五章

幾個人恍然大悟，雖然他們掙得不多，但相對於以前來說，每個月也是多了幾百文的收入。要知道一個雞蛋才兩文錢，幾百文可以吃多少雞蛋啊？

想著自家孩子的生活漸漸好起來，以前捨不得吃的東西，現在偶爾會買點回來給他們吃，可見……

「爹，我們知道了。」

「爹這一輩子當個村長，眼看著村裡人能夠漸漸地好起來，怎麼也不能讓人破壞了。」

「是！」

就在一家人說話的時候，柳好好清脆的嗓音傳過來。「村長爺爺！」

「這不是好好嗎？怎麼有時間過來了。」柳一龍看著她手中拎著的籃子，笑了起來。「怎麼還帶東西上門啊！」

「是啊，我這不是有事找村長爺爺商量麼，哪能空手呢？」

柳一龍被逗笑了，畢竟柳好好現在才十歲多，個子不高，拎著個大籃子走路都不是很方便，自然讓人覺得有些好笑。

「看什麼看，還不幫忙！」

村長瞪了一眼，這大兒子的孩子都多大了，怎麼還是這副性子。

柳一龍笑了笑，趕緊伸手把籃子接過來。村長隨意看了一眼，就發現裡面不少好東西，皺皺眉。「好好，妳這樣做什麼！」

「村長爺爺別生氣，我這次去了涼城收穫可大了。」說著，她湊上去神秘兮兮地道：「爺爺，我那兩株蘭花賣了，你知道多少錢嗎？」

村長也被勾起了好奇，見幾個兒子也在，擺擺手讓他們離開。

見村長如此，柳好好笑了起來。「我也是幸運，蘭花的品相非常好，而這一次正好有位大人最喜歡蘭花，所以我的蘭花賣得價錢很高呢。」

村長的臉色有些變化。「真的？」

「這麼多。」說著她伸出手來。村長倒吸一口冷氣。「八十兩？」

柳好好搖搖頭。

「八百兩？」村長的嗓音都顫抖起來了。這是什麼概念，他們家一輩子都掙不了這麼多錢！

柳好好笑了笑，並沒有說是八千兩。

「真的？」

「是啊，我也以為不可能，但是沒辦法，有錢人就喜歡附庸風雅，只要找到自己喜歡的，別說八百兩，就算是八千兩都捨得！」

村長覺得這輩子的認知都被顛覆了。只是一株蘭草而已，怎麼就這麼貴？

「只是花……」

「不一樣的，村長。這種怎麼說呢，看品種、看花色、看品相……這麼說吧，稀有的才值錢。」

「對對對。」

大山上那麼多東西，自然不可能都賣得出這個價，否則豈不是富得流油。

「村長爺爺，其實我來就是和您商量一件事。」柳好好認真道：「雖然我掙了這麼多錢，但是八百兩說不定也很快就沒有了。我也不想坐吃山空，畢竟我投入了這麼多。稀有花草固然值錢，但是太難找到，我還是想種點普通的花草樹木。明年春天我還會進一些花苗，準備擴大我的種植範圍。」

「這是不是有點冒險？」

「還行吧，樹苗不是一天就能長好的，我估計要有兩年。我還會培育一些稀有的花草，到時候雙管齊下，定然可以賺錢的。」柳好好說得嚴肅。「但是在這段時間內，我需要去找買家。」

村長聽著點點頭，覺得可行。

「我覺得咱們這邊還是有好處的，山上的東西雖然不全都值錢，但是也有很多樹苗啊，到時候移栽過來，我也省點錢。」柳好好微微一笑。「所以還請村長爺爺發動村裡人幫忙了。」

「妳……妳這是……」

村長怎麼可能不明白柳好好的意思，把進樹苗的錢拿來請村裡人幹活，這根本就是給村民造福利呢！

「等到我的山頭長滿各種各樣的樹苗花草，肯定需要人管理的……」

「對對對！」

柳好好笑了笑，眼睛彎彎的，看著村長又說了一些，最後想了想，道：「村長爺爺，畢竟我是女兒身，有些不方便。我在外面叫文近，柳文近，這樣方便點，若是以後有人問起，便說是這個名字。」

村長點點頭。「行啊。」

兩個人對以後如何規劃又談了許久，之後，就聽到村長家的大聲喊道：「不早了，好好就留在這裡吃飯吧！」

「不了，我先回去了。」

「怎麼著，難不成我做得很難吃是不是？」村長家的故意板著臉說道。

「哪兒，我怕太好吃了，回去之後就不愛吃我娘做的了。你們也知道我娘的手藝不是很好，而我更是差得無法下口。」

「妳這話要是被妳娘聽到了，肯定要傷心的。」

「奶奶，其實咱們村很多人都是會做吃食的，手藝很好，為什麼不想著去鎮上做點小生意呢？」

村長家的一聽，樂呵呵地笑了起來。「妳這個傻孩子，鎮上什麼沒有啊，咱們村子裡的人就算手藝再好，也是最普通的東西，沒有什麼好的，怎麼出去賣？」

柳好好恍然大悟。

首先這時代的食材太少，而且調味料也不多，再加上糖、蜂蜜這些比較昂貴，更捨不得多加，難怪村裡的小孩子吃點最喜歡的飴糖都覺得開心得要命。

鎮上也好、縣城也好，那些糕點貴得要死，普通人家還真的沒有辦法吃上。

「我傻了，看著鎮上好多人家喜歡吃小點心，我就想著若是咱們村也能做出去賣的話，肯定非常好。」

「妳這孩子，有這個心是好的。」

柳好好不再說了，若要做點心，最重要的便是糖。

可是現在的糖大部分都是砂糖，粗糙不說，甜味不足，可那些經過純煉的糖簡直就是天價，讓人望而卻步。

「在想什麼呢，差點都撞到門框上了。」

柳李氏一直等著柳好好回來，聽到外面的動靜，一開門就見女兒差點撞上來。柳好好抬頭朝著她笑了笑。

「娘，剛才在想事情一不留神就忘記了。」

「妳啊。」見她這樣，柳李氏也覺得心疼，讓她進來。「這麼晚了才回來。咱們家現在也算還可以了，妳也說這次出門賺了點錢，要不就別出門了？」

「娘啊，咱們現在是有點錢，但是以後我們要蓋房子，文遠要讀書，說不定還要做官，還有娶媳婦……哪一樣不要錢？咱們家就這幾畝地，能有多少收入……」

聽她這麼一算帳，柳李氏覺得未來的日子的確有些辛苦。

「娘，別擔心，我已經有了好主意啦！這次賺錢，首先我就把文遠送去讀書，他是個好苗子，日後就算不走仕途，識文斷字也是很有前途的。文遠已經七歲，入學已經算晚的了，咱們不能耽誤他。」

要說讀書，首先束脩一個月就要二兩銀子，然後筆墨紙硯還有給先生送禮，這些都是要花錢的。

柳李氏想了想，咬咬牙同意了。「好。那妳看什麼時候去？」

「明天我就去縣城看看。」

母女倆又商量了一下，決定明天帶著柳文遠去鳳城縣，早點入學對文遠來說是好事。

翌日，當柳文遠聽到要送他進鳳城縣的書院，第一個反應並不是開心，而是要和姐姐分開了，這簡直就是晴天霹靂！

「文遠，你喜歡讀書嗎？」

柳好好認真問。許是這態度太過於認真，柳文遠把心中那湧起來的情緒給掩蓋下去，然後思考了一下。「想。」

「萬般皆下品，唯有讀書高。這句話你應該聽過。」柳好好幽幽道：「你也知道，姐姐這輩子要麼在柳家村當個農戶，要麼就是成為商人，這樣的身分就算你有千萬兩也抵不過讀書人的一句話，所以你將是姐姐最大的保障。」

柳文遠有些不明白，心裡卻覺得這非常重要。

「不就那麼點距離嗎？書院還有休息日，完全可以回家啊。說不定以後姐姐的生意會做到縣城，到時候咱們租一間……不對，買一間房子，一家人又可以在一起了。男兒志在四方，怎麼可以被小小的幾間茅屋所困，若是這樣，別說他人，就是姐姐都看不起你了！」

「放心！」柳文遠立刻舉起小拳頭。「我會努力的，姐姐以後一定會為我驕傲的！」

柳李氏看著這姐弟倆在這裡雄心勃勃地說話，哭笑不得，主要是兩個都是小孩子，柳好好這樣教訓弟弟的畫面實在是有些好玩。

「姐姐，這就是縣城啊……好熱鬧啊！」

柳文遠第一次來縣城，以前父親還在的時候，倒是帶他去過鎮上，那時候他就覺得小鎮好熱鬧啊，可現在一比又根本不算什麼。

「鳳城縣只是一個小縣城而已，以後你還會去更繁華的地方。」

柳好好看著他到處亂瞄，心中有些擔憂，這弟弟長得小，看上去性子也軟和，到書院不知道會不會被欺負？

柳好好下意識抓緊了他的手，忽然覺得這麼小就送到這麼遠來讀書，心好痛，好捨不得。

「嗯，對。姐姐說得對！」

到了文山書院，一道古樸而厚重的氣息撲面而來，大門邊的柱子貼著對聯：「三載棲遲，洞古山深含至樂。一宵覺悟，文經武衛是全才」，肆意灑脫的字體讓嚴謹的書院多出了幾分雄心壯志，讓人不由得收斂心神，變得鄭重。

「你們有何貴幹？」

今天大概是休息，書院的人並不多，一位老者坐在學堂之上，下面是三三兩兩的學生不知道在看什麼，偶爾還會竊竊私語。

「先生。」

柳好好鞠躬以示恭敬。柳文近有些緊張，撲通一下跪在門口，看得她好心疼。

「我是想送弟弟來書院讀書。」

「喔？」老先生睜開眼睛，看了看這瘦瘦的……兄弟二人，高個子的應該是哥哥，而矮個子的是弟弟。不過看面色，兩人都有些發黃，看來家境並不是很好。

「年方幾何？」

「七歲。」

「是否會些什麼？」老先生不緊不慢地問道。

柳好好趕緊推了推傻乎乎的弟弟。「告訴先生你學過什麼。」

柳文遠攥緊小手，想著姐姐說的話。

「讀過《三字經》、《百家姓》、《千字文》、《弟子規》，還有其他的書籍也看過，只是很多字不認識也看不懂。」

這回答很誠懇了。

「喔，那背一段。」

柳文遠扭頭看了一眼姐姐，見對方依然平靜地回望自己，便緩緩地開口。「弟子規，聖人訓。首孝悌，次謹信。泛愛眾，而親仁。有餘力，則學文。父母呼，應勿緩……」

老先生睜開眼睛，眼中閃過一絲滿意。

「知道什麼意思嗎？」

「知、知道。」柳文遠嚥了一口口水，繼續說道：「弟子規，首先是孝敬父母、友愛兄弟姐妹，其次是謹言慎行、信守承諾。博愛大眾，親近有仁德的人。學好自己的思想道德之後，有多餘精力，就應該多學多問……」

「不錯，不錯。」

老先生很滿意，這樣一個聰慧的孩子還是值得收下來的。

「好，本書院一個月休息兩日，時間你可要記好了。其他的事情便讓齋長帶你去安排，記住，書院有書院的規矩，若是違反，三次為限知道嗎？」

「是。學生知曉。」

兩個人臉上都是興奮，能夠這樣輕鬆地進了文山書院是他們想不到的，畢竟這文山可是鳳城縣內最好的書院了，聽說當地有身分有家世的人都會選擇這裡，但是這裡的山長收學生卻是比較苛刻的。

能夠入學，便說明了文遠的成績還是不錯的。

「好好學習，知道嗎？」

「知道。」

「聽著，我不許你在學院惹事，但也不希望你在學院受委屈。你要記住，咱們家沒權沒勢，用粗暴的手段乃是最低級的反擊，所以你要學會變通。」柳好好一邊走著，一邊小聲教育自己傻白甜又膽小的弟弟。「不要輕易相信別人，但是也不要辜負別人對你的好。別人欺辱我們就要反擊，但同樣的若是有人對你好，就要感恩。」

「嗯，我知道的。」

「記住了，若是真的鬥不過，要麼避其鋒芒，要麼學會隱忍，等到你有實力了再狠狠地還擊！」

柳好好生怕弟弟在這裡受委屈，簡直是操碎了心。依依不捨地把弟弟送到書院，安排好，交了束脩，領了生活用品，柳好好覺得自己瞬間被拋棄了，心好酸⋯⋯

出了書院，她來到米糧店裡，買了二十斤小麥、四斤的糯米，然後又買了些白米和白麵，加上各種粗糧來幾斤，又去買了點肉和骨頭，還有豬油，才心滿意足地租了一輛車往家裡趕。

「妳買這麼多？怎麼還買了小麥回來，妳要種小麥嗎？」柳李氏見她大包小包地往家裡拿，有些不確定地問道。

「秘密。」

「這孩子，和娘還不能說。行，妳自己折騰。」

柳李氏雖然嘴上嫌棄，心裡卻是好笑的。好好自從生病醒過來之後，每件事都是有主見的，她這個做娘的只要無條件支持女兒就好了。

柳好好自然也知道母親只是打趣，嘿嘿笑了笑之後，讓柳李氏把其他的都拿到廚房，自己則是拿著小麥和糯米回到房間。

糖很貴，所以點心才會那麼貴，主要也是糖不好提煉。

但想到麥芽糖的製作方法，她覺得有必要做出來，然後賺點錢。畢竟有這個手藝若是不做點什麼，都對不起自己啊！

想著就來做。還記得，小麥和糯米的比例是一比十，但是她覺得還是稍微多加點糯米吧，不然到時候效果不好就可惜了。

二十斤的小麥，她用了一半的量，洗乾淨之後用溫水泡上。十二個小時過後，她拿了一些紗布，把這些泡好的小麥倒上去，這樣小麥發芽的話，更方便取出來，又乾淨。

之後她哪裡也不去，就在家守著。

四天後，小麥都發芽了，她把這些拿下來切碎放著。又把糯米洗乾淨之後加點水煮爛，然後把切好的小麥芽放進去攪拌，之後便是蓋上發酵了。

等過了幾個小時之後，她打開發現裡面很多水，伸出手沾了沾，甜！頓時喜笑顏開，立刻把這些從鍋裡給撈出來，開始榨汁。

「什麼東西這麼香，在幹什麼呢？」

第二十六章

「娘。」柳好好像找到了救星，趕緊衝過去。「娘，快來幫我！」

「妳這是幹什麼呢？」柳李氏見她忙碌了好幾天就弄出來這個，好奇之餘更多的是心疼，趕緊走過去接來。「怎麼做，我來吧。」

「就是把水給擠出來就好。」

「行！」

果然大人的力氣就是不一樣，而且她這些年做農活力氣也練大了，不一會兒就把水都給壓榨出來了。

「這是什麼？」

「娘，幫我生火，等會兒就知道了。」

在柳李氏的幫助下，她動作快了起來。很快，淡淡的甜香味在廚房裡面瀰漫開來，讓柳李氏驚訝不已。

「好好，這是……」

「糖，等會兒就可以吃了。」

「糖？妳說是糖？」她詫異地瞪著好好，不敢置信。真不知道女兒從哪裡來的點子，竟然可以做出這麼香甜的東西來。

「娘，我知道。這次去涼城，我學到了很多呢，這是一位老人家和我說的，那個老人平日裡就愛吃點糖，無意中發現這個做法就偷偷摸摸地給自己做點來吃呢。我這不是合了他眼緣，就告訴我這糖的做法。」

柳李氏看著黏稠泛黃的膏體，鼻尖都是甜香味。

「娘，嘗嘗。」柳好好用筷子沾了點麥芽糖，她小心翼翼地舔了一口，頓時覺得心情愉悅起來，人生都是幸福的。

「很好吃。」

「是嗎？」柳好好也嘗了一口，眼睛都笑彎了。「味道不錯。」

她找了一個小罐子，把麥芽糖裝起來。「我給大力叔送一點過去，看看他們喜不喜歡。娘，這些先裝起來，咱們自己吃不掉的話，到時候送人也是好的。對了要趁熱裝，不然會黏起來的。」

說著，她快速裝了點就往柳大力家跑去。

「大力叔，大力叔！」

「怎麼了，什麼事跑得這麼急？」小劉氏剛好準備去洗衣服，聽到她急切的喊聲，趕緊問道：「是不是妳娘身體又不舒服了？」

「不是不是，我找大力叔有點事情。」

「沒事就好，沒事就好。孩子他爹，好好來了，說找你有事情。」小劉氏扯著嗓子對裡面喊了起來，柳大力應聲走出來。「這是怎麼了？」

「大力叔、嬸子，你們嘗嘗這好不好吃。」

「這是什麼好東西，這麼神秘。」

「嘗嘗啊！」

「我來試試。」

大虎和二虎不知道從什麼地方鑽出來，二話不說把她手中的罐子抱過去，然後狠狠地一戳，整個人臉色都變了。黏糊糊的，這是什麼啊，兩人苦著臉抽出來，就見是黃色透明的膏體，撲鼻的甜香味，下意識舔了舔，大虎的眼睛都亮了。

「糖！好甜！」

「什麼，是糖？」

二虎一聽那還得了，直接撲上去就要吃，也狠狠地挖了一塊下來放到嘴巴裡，整個人幸福得蕩漾起來了。

「娘，爹，好好吃，比你們買回來的飴糖還要好吃，真的！」

柳大力也有些吃驚，如今的糖可不好買，這玩意貴，窮苦人家都捨不得呢！

「好吃嗎？」

「好吃。」小劉氏也笑了起來。「從哪裡買的，貴不貴？」

柳好好笑了起來。「我做的。」

「什麼？」

「用小麥做的，所以我叫它麥芽糖。」柳好好也吃了起來，甜絲絲的感覺果然是最讓人心情愉悅的。「叔，你說能不能賣出去？」

「當然可以！」柳大力狠狠地拍了拍大腿。「這麼好的東西自然是可以賣出去的，但是好好，這玩意怎麼賣呢？而且要是太貴的話……」

「一斤小麥最少半斤糖，甚至更多，但物以稀為貴，自然我是要加點價的。這樣大力叔，你賣的時候二十五文一斤……」

「二十五文一斤？」柳大力皺皺眉，縣城的那些飴糖都三、四文錢一塊，大概也就一點點，一兩都沒有，好好這太便宜了。「小麥這麼貴，二十五文便宜了點……」

「不用，不需要賣得貴。」柳好好笑了笑。「叔，咱們明人不說暗話，這糖若是好賣的話，你從我這裡拿貨怎麼樣？」

「好！」

「叔就是好說話，不過這樣說吧，若是真的吸引不少人的話，我會讓村子裡的人都賣這種糖。當然若是你們能夠用麥芽糖做些小點心什麼的，也是你們本事，我不會說什麼的。」

「好好，妳這孩子真的是……」小劉氏眼睛都紅了。這孩子這麼做，還不是想要大家都可以掙錢。「行，明天我就試試。」

柳好好絲毫不在意這點，麥芽糖才二十五文，只要條件稍微好點的，怎麼可能不捨得買點回去吃呢？畢竟比飴糖還要便宜，更別說白糖紅糖了。雖然說飴糖也是植物澱粉做的，但是純度不夠，也不夠甜，比起她這種純麥芽糖要差多了。

果然，第二天柳大力回來的時候，臉上都是笑容。「好好，這糖銷路不錯啊！我和妳說，醉春樓的老闆嘗了之後當時就要三十斤……」

「叔，多少？」

「三十斤。」

柳好好的眉頭皺起來了，她想了想點點頭。「什麼時候要？」

「越快越好，是不是有什麼為難的地方？」

「嗯，我力氣不夠，肯定很慢。這樣吧，咱們這幾天先做著，把醉春樓的先送過去，然後再說其他的。」

於是柳好好又去買了糧食，除了發酵的事情自己來，其他的都是兩家人一起合作完成。看著大鍋裡面變得金黃透亮的膏體，所有人的臉上都露出笑容。

「小罐子呢？」

他們之前可是反覆秤了好幾次，終於一罐子的重量確定了，剛好一個罐子一斤，三十斤剛好三十罐。

「叔，我二十文一斤賣給你。」

「不不不，二十二文，我不能占這麼大的便宜。」一斤就賺了五文，實在是太暴利了。

「沒事的，叔，我也賺錢。」柳好好笑了笑。「過兩天田裡就要忙了，咱們這幾天多做點，備點貨。等田裡的活忙完了，我想把房子給翻一翻，然後弄個大點的灶台。」

「可是……」

「叔，來回跑的人是你，我省了多少的麻煩啊，是不是？再說了等我蓋房子的時候肯定還要你們幫忙的，難不成也要算得一清二楚嗎？」

柳好好笑了笑，說白了她想賺錢，卻不是從這個方向來，而是想著自家山頭的那些花草樹木。

「行，既然妳這麼說了，我也就不客氣了。」

柳好好見他也不推辭，鬆了一口氣。其實她賺的也不少，這批貨的出糖率還算滿高的，最好的小麥和糯米成本大概每斤在十三、四文，而她還不用去縣城不需要找買家，這生意真的很划算呢。

田地裡的稻子已經開始發黃，這幾天，柳好好天天去觀察，發現之前的那幾株果然米粒大，稻穗也多一些。她默默地記下來，準備收割的時候把這幾棵的稻子給留下來。

然後又仔細在稻田裡觀察，把大點、多點的稻子都給記下來，然後算一算大概有多少。

「好好在看稻子啊，妳這水稻長得不錯，可惜就是太少了。」

有人經過的時候，看她頂著太陽在田裡面忙著，樂呵呵地打招呼。

「好好啊，前兩天秋生回來說聞到了特別香甜的味道……」跟在漢子身後的婦人有些不好意思，但是想到那股甜香的味道，還是忍不住了。「我就想著是不是妳娘做了什麼好吃的，秋生嘴饞，總是說聞到了糖的味道，這……」

柳好好笑了笑，也不在意。「對，是糖，和飴糖有些區別，但也差不多，我叫它麥芽糖。」

「麥芽糖？」

「是啊，我和別人學的，回來試試，感覺還不錯。」

那個婦人一聽，有些躊躇的，但想著自家孩子哭鬧，最終還是厚著臉皮問道：「那好好啊，這糖……」

「暫時沒有了。」

見對方臉上的失望，她又趕緊說道：「等這段時間忙完了，我準備熬點糖，大力叔從我這裡拿貨出去賣的，到時候大家也可以的。」

不僅僅是問話的婦人了，就是經過的幾個漢子都有些詫異。「好好，妳是說給我們賣糖？」

「對啊。」柳好好羞澀地笑了笑。「這個暫時還沒有定下來，等弄好了我會和村長說的。」

「那我們等妳的好消息啊！」

柳好好見田地裡的東西沒有問題，便慢悠悠地往山上走去。自己種的樹苗存活率還是不錯，心情就更美好了，於是柳李氏看到女兒是哼著歌回來的。

「累了吧？」

「不累，沒什麼事。娘，這幾天天氣不錯呢，等水稻收了，咱們去縣城好好轉轉。」她一直想要帶娘去外面看看，但是沒時間也沒機會，如今事情暫時都安排得差不多了，自然要帶著娘親出門走走啦。

「好，聽妳的。」

自從麥芽糖賣出去之後，柳李氏對她的信任達到了另一個高度，簡直就是言聽計從了，反正好好說的都是對的，日子真的是一天天好起來了。

「弟媳婦。」

第二天一早，柳大郎和妻子就帶著肉和雞上門，面上帶著笑容，只是還藏著幾分歉意。看到過往的人，還大聲責罵自己。「欸，以前是糊塗，總以為爹娘偏心弟弟，讓弟弟讀書，所以這心啊總是帶著點怨氣的！這段時間發生這麼多事，想明白了，自己做錯了，來給弟媳婦道個歉。」

柳大郎說得鏗鏘有力，臉上還都是自責。

「呵，今天的確是大出血了呢。」有人譏諷地看著他們拎著的東西，沒想到一向摳門的人竟然會買肉買雞的，到底是真心道歉還是又想做什麼，就不知道了。

「我糊塗，我糊塗啊！」說著，他們就站在柳李氏家的門口，一把鼻涕一把眼淚地道歉，讓圍觀的人越來越多。「美麗，哥哥和嫂子知道錯了，因為嫉妒才會做出那樣的事情來，我們知道妳肯定是恨我們的，但是現在我真的只想道歉……」

這樣悲戚的聲音、誠懇的態度，讓在場的各位都有些動容。

柳李氏出了門，抿唇看著柳大郎和柳王氏在外面哭得淒慘，作為一個常年在家不出門的婦人，又是一個心軟的，根本不知道該怎麼辦，有些手足無措地看著他們，心裡卻是不想原諒的。

有的人看熱鬧不嫌事大，就喊道：「欸，二郎家的，妳大伯都已經道歉了，就別計較了，畢竟一家人不是？」

「六爺家也就這兄弟兩個了，現在二郎走了，大伯再不照應照應，怎麼辦呢？」

「呸，還照應呢，差點沒有害得他們家家破人亡，現在好不容易生活好了，就過來道歉了，真的以為大家都是傻子呢。」

被這麼多人注視，柳大郎都有些後悔。柳王氏也覺得臉皮火辣辣的，但是想到兒子的交代，在錢的面前就別在乎什麼面子。

於是她咬咬牙狠狠心，撲通一下跪下來了。

「弟妹，我真的錯了！得金回來說我錯了，之前得銀也寄了書信譴責我們為何如此，這幾日我們日日想天天想，才知道我們有多麼過分！弟妹，今天來就是給妳道歉的，妳若是不原諒我們，這心裡過意不去啊……」說著她就這麼大聲哭嚎著，看上去倒是有幾分可憐。

柳李氏氣得不知道該怎麼說才好，往日種種的屈辱難不成因為幾句話就要忘記，還要原諒他們？簡直可笑！

「二郎家的，他們要是真心認錯的話，就別生氣了。」

「是啊，都是一個爹娘生的，哪有什麼仇啊？」

柳好好還沒有到家，就見到家門口一群人圍在那裡，嚇得趕緊跑過去，就見到自家娘親鐵青著臉又手足無措地站在那裡，一臉慌亂。

「你們幹什麼？怎麼了？娘，沒事吧？」

柳好好扒開人群擠進去，看著娘親的臉色，擔心極了。

柳李氏一看到女兒，一直壓抑的情緒一下子爆發出來，眼淚怎麼也控制不住地往下流，沈默而倔強。

「好好啊，勸勸妳娘，妳看妳大伯大伯母都過來道歉了，妳大伯母都下跪了，畢竟是長輩，你們這樣也不大好。」

柳好好一聽便懂了怎麼回事。這柳大郎一家是要逼娘原諒呢，當著這麼多人的面下跪，若是娘不同意，那就是狠心之徒、不孝不悌，簡直不要太過分了。

「是啊，好好……」

有些心善的其實也不想搭理這柳大郎一家的，但是這樣傳出去也不好，總不能說柳李氏逼迫大伯一家給她下跪，這名聲……

「好好，這是要逼死我們呢，好不容易才過幾天安穩的日子，他們就是不肯放過啊！」柳李氏哭得語不成調，那雙通紅的眼睛就這麼惡狠狠地看著柳王氏，恨不得衝上去把他們給扒皮抽筋。

柳好好厭惡地看了看眾人，伸出手擦了擦她的眼淚，輕聲安慰道：「娘，那妳想要原諒他們嗎？」

柳好好實在是厭惡這一家人，冰冷地盯著柳大郎夫妻看了一眼，像是盯著死人似的。她柳好好從來都不是好脾氣的，有人一而再地挑戰她，必要的時候自然會採用必要的手段反擊回去。

柳大郎心頭咯噔一下，而柳王氏更是被嚇得心臟一突。剛才那哪是十歲孩子會有的眼神啊？簡直就像是要殺人，太恐怖了。

柳李氏擦了擦眼淚，看著面前的人，緩緩地開口道：「當年我和二郎剛剛成婚，那年冬天那麼冷，你讓我去鎮上給娘買棉被。我去了，回來的時候手腳凍爛了，卻還被你們罰在外面，不許吃飯，說我耽誤時間，不孝。

「我懷著好好的時候，二郎在鎮上接了一個活，剛剛拿到工錢就被你們要了過去，而我連一口米飯都沒有吃上。肚子大了，你們讓我下地，害得我動了胎氣在床上躺著，可你們卻到處說是我偷懶，虐待公婆。

「爹娘過世之後，你們二話不說把我們趕了出來，還把家裡面值錢的東西全部拿走，說二郎欠你一條腿，每個月要給你們一兩銀子。二郎一個讀書的每天上山打柴，去鎮上給人寫信……所有的都給你們拿去了，而你們以兄長身分壓得我們不能反抗。我們每天吃最差的，還要幫你幹活，好好三歲的時候，還被得金扔到水裡，差點淹死！等文遠出生，是早產，他瘦小，可是你們竟然還奪他口糧，害得我的文遠在地裡撿野菜吃，若不是我發現及時，只怕已經中毒身亡！

「二郎為什麼會死，還不是因為你們說冬天沒有吃的，過來哭訴。二郎心善便把家中的米糧挪給你們，自己卻自不量力上山，遇到猛獸……二郎剛走，你們搶奪我家良田，還要把好好賣給他人做妾，逼得我女兒自殺……若不是上天眷顧……」

第二十七章

柳李氏捂嘴哭著，可是那雙眼睛卻是死死盯著柳大郎他們。「你們竟然還敢過來說原諒，你們憑什麼？憑什麼做了這麼多的惡事還想要得到諒解！我不原諒！就算所有人說我李美麗心胸狹窄，說我不孝不悌、不尊長輩……今天我也要把態度放在這裡，想要原諒，你們自己去找二郎！」

說著，她一下子也跪下來。「柳大郎，你自己和二郎說，告訴二郎在他離開之後，你是怎麼對我們的！」

柳李氏的眼淚加上憤怒的嘶吼，將這些年的委屈一件件數落出來，看得眾人心酸不已。

「我受夠了什麼長兄為父，要我尊重兄長，就因為這句話，我就該死嗎？」

柳好好知道他們家被柳大郎家欺負，卻不知道竟然有這麼多辛酸往事。

看著面前的人，她突然轉身跑到廚房，拿出一把刀來惡狠狠地說道：「滾，咱們家不歡迎你們！」

「好好，妳這是幹什麼呢？」

「柳大郎告訴你，咱們都已經分家了，別天天拿著大伯的身分來欺壓我們！比起你們，我們更不怕，大不了咱們到縣城找一找縣令大人，好好說道說道。反正我們家沒有什麼，不知道你們家的得銀知道家裡惹上官司會是什麼反應？」

「好好，別衝動！」

「柳大郎，你這是要逼死他們，還不趕緊走！」

「滾！你們還有臉來呢，這是二郎家的好說話，要是我早把你們的臉撓開花！」小劉氏罵道。

得到消息的人紛紛趕來，其中不少都是在好好手中幹過活的，自然偏向柳李氏一家，特別是柳大郎在村子的名聲很差，便二話不說要趕他們走。

柳王氏和柳大郎只得灰溜溜地走了。

小劉氏趕緊上前拍了一下柳好好。「還拿著刀幹什麼，還不把妳娘送回屋去！還有你們，幹麼呢，看熱鬧是不是，不去收糧食了是不是？趕緊走！」

小劉氏的嗓門這麼一吼，看熱鬧的人紛紛回神，尷尬離開。

柳好好攙扶著柳李氏，一臉擔心。實在是娘的表情太過於悲愴，好像隨時都能暈過去似的。

「娘，沒事吧？」

柳李氏許久才把氣喘匀了。她的眼睛紅腫不堪，抓著女兒的手。「好好，他們沒有安好心！」

「我知道，我知道。」

「如果今天我們原諒了，日後定然要再受他們欺壓。這些日子咱們好不容易緩過來，他們竟然又想要……」

「我知道的。」柳好好安撫地輕聲道：「娘，咱們現在已經不是當初了，他們不敢。他們把兒子看得那麼重，想要柳得銀考中，那就不敢太過分。他們要是再敢做什麼，我就去告他們，到時候他們家的名聲不好，定然會連累在書院的柳得銀，所以只要有點腦子就不敢硬來。」

柳好好輕聲細語，一遍一遍哄著，最終才讓柳李氏的情緒平靜下來。

小劉氏也是一臉擔心，不過見柳好好說得有理，也跟在後面說：「對，他們就是眼饞，想要占便宜，咱們就表明了態度，老死不相往來！今天妳可是把之前受的委屈都說了出來，他們要是再敢做什麼，也沒有人會搭理他。」

趕過來的村長嘆口氣道：「放心吧，二郎家的，雖然說家務事不好管，但是老頭子我今天就把話放在這裡，誰也不能欺負你們。」

「村長？」

村長又嘆一口氣。「大郎他們打什麼主意，猜也能猜到，有我老頭子一天，就不會放他們這樣，所以妳放心吧。」說完，他便轉身離開了。

「看，村長這次都說話了，肯定沒事。」小劉氏笑了起來。「行了，今天妳好好休息，被這麼一鬧大家心氣都不順。我回去做飯，等會兒妳們過來吃。」

「這不妥吧？」

「沒什麼，大力不在家，我們也不怕別人說什麼。妳啊就是活得太小心翼翼了！」小劉氏不贊同地道：「妳管別人怎麼看呢，反正自己過得好不就行了？」

「就是啊。」柳好好也笑了起來。「咱們現在可是村子裡的大戶了，幹麼還要看別人臉色？」

「就妳胡說。」

「沒胡說，這次秋收之後，我可是要蓋房子的，羨慕死那幫人！」

「對，讓他們嫉妒死！」小劉氏也笑了起來。

此時，回到家中的柳王氏憤怒地把東西往地上一扔，氣喘吁吁地道：「氣死我了！我都已經下跪了，老娘這麼大還沒有這麼丟人過，竟然不領情！混蛋！」

「爹，娘，怎麼回事？」

柳得金見他們一臉不虞，估計事情沒有辦妥，這麼一聽，臉色也沈了下來。看來這麼多年兩家人的恩怨積得太深了。

「看來這樣是不行了。」

「怎麼，你還想做什麼？難不成你娘我下跪不成要以死謝罪嗎？」柳王氏簡直要瘋了，她都已經做到這個地步了，還要怎麼做！那個賤人，竟然當眾侮辱他們，簡直豈有此理！

「娘……」

「閉嘴，你要是再敢有什麼想法，就別認我！」說著，她扭著胖乎乎的身體就走了。

「爹……」柳得金皺皺眉，一臉的不贊同。「咱們現在雖然受了點委屈，但是想想以後啊！」

柳大郎沈吟片刻。「那你說怎麼辦？」

柳得金一時也覺得有些困難，想了想。「我給弟弟書信一封，問問吧。」

想到二兒子，柳大郎的臉色才緩和了些許，點點頭。「對，你們兄弟商量商量。」實在是看著李美麗的日子一天比一天好，他們的心裡就像是被螞蟻給螫了似的，太難受了。

「行，我這就去。」

柳好好把家裡面收拾好了，對於柳大郎一家完全沒有放在心上。就像她說的，若是再敢出什麼鬼主意，定然讓柳得銀無法走仕途。

別以為柳得銀是什麼好傢伙，這麼多年他們家欺負自己家，拿去的銀錢給誰了，還不是給了這個寶貝疙瘩？她就不相信柳得銀不知道！

秋收在緊張而忙碌中過去了，柳好好把自己看中的水稻種子單獨收起來，其他的便收回家準備自己吃。

「好好，這些都我們自己吃？」

「娘啊，咱們家現在不至於這麼窮吧？」柳好好實在是吃粗糧吃怕了，捨不得買，自己家裡種的難道都不能吃嗎？這日子……再說，她有錢。

看著她一臉憋屈的模樣，柳李氏小聲道：「妳不是說要蓋房子嗎？還要建造灶台，還有文遠讀書……太多開銷了。」

「沒事的，夠了。」柳好好笑了笑，從房間裡掏出一張一千兩的銀票。「看。」

「怎麼這麼多？」

「就是那兩株蘭花啊，娘，我能賺錢。」說著把錢塞到柳李氏的懷裡。「放心吧，咱們家肯定會越來越好的，賺錢為了啥？不就是為了過好日子嗎？」

柳李氏見狀，笑了笑。「看來是娘擔心了。行，妳這麼說就這麼做吧。該怎麼蓋都聽妳的，我也不說啥。」

「嘿嘿……還是娘想得開呢！」

柳好好又急匆匆地到村長家去，商量著該怎麼蓋房子。

「你們要蓋房子？」

「是啊村長，上次不是說了我走運賣了好價錢。拿著錢，我就想著首先蓋房子。」

想著那兩間破茅屋，村長也點點頭，估計這村子裡也沒有人比他們家的房子更差了。

「那妳想蓋在哪裡？」

「就在我現在住的地方，不過我想把周圍的地都給買下來。」她早早地就看過了，家裡住的地方在村子裡來說比較偏，除了東邊有一戶之外，西邊靠山的那一大片都是空地，而且土地不是很好，也沒有人買去。

「全部？」

「對啊，全部。」柳好好笑了。「我先蓋幾間房子，但是想著我娘性子軟，好說話，若是周邊人多了許會擔憂害怕，便把地都給圈了，安靜些。」

雖然這個理由有些牽強，但是想著柳李氏的性子，村長還是點點頭，沒有反駁。「行，那我們就去看看。」

地很快就買下來了，她把找人蓋房子的事情交給村長，自己又跑了一趟縣城買了需要的材料之後，又去柳春家買了不少的野味，讓柳李氏醃製起來。

做好之後，便選了一個黃道吉日動工了。

這可不是一件小事，在柳家村，大家建的都是土坯加茅草屋，也就幾家稍微好點的住青磚瓦房。

聽說柳好好家要蓋房子，柳得金竟然來到了村長家。「村長，聽說好好在招工，我年輕力壯也想尋一份。」

村長耷拉著眼皮和大兒子在記錄來應徵的人，從中挑選能幹的，見柳得金過來，就想到了前些日子這一家要訛詐柳大力的事情。

他慢悠悠地問道：「不是在鎮上給人做工嗎？怎麼回來了？」

「欸，在外面怎麼好也不如家裡啊。當個學徒被人使喚，工錢不高還整天受氣……」柳得金苦惱地道：「前些日子，因為受了委屈，我一怒之下就回來了，想要幹點大事，結果因為太心急了而沒有做成，一時糊塗……村長，我也是年輕力壯的小夥子，您看……」

村長耷拉著眼皮子。「好好那邊的確需要不少的人，不過我這邊人手已經夠了，你來得遲了點。」

「村長，您看這……欸，我年輕力壯的也就是想……」

村長擺擺手，依然沒有什麼表情。「只怕這次不行，等下次的吧。」

柳得金好說歹說卻依然沒有讓村長鬆口，只能訕訕離開。一轉過身，臉上的表情異常難看，咬牙切齒得面目猙獰，讓人害怕。

他憤怒地回去，心裡卻是在思量著。沒想到一段時間沒有回來，這柳好好竟然長本事了。一抬頭，又見到二、三十人熱火朝天地在那裡忙活著，還有幾個女人有說有笑地架著大鍋準備燒火。

柳得金的臉上閃過一絲憤恨，但很快又整理好心情，面帶微笑地走過去。「大力叔、春叔……」他有禮貌地打招呼。

「得金啊，今天怎麼有時間啊。」

「這不是二嬸家有事嗎？我就想著能不能幫個忙啥的。」他也沒有什麼不好意思。「我年輕力氣大，本來還想幫幫忙的，不過看這個樣子……欸，國飛，我來幫你……」

說著就上前去，幫人把土石運走，這樣的態度倒是讓旁邊的人說不出什麼了，大家便繼續幹活。

柳好好過來的時候，就見到柳得金在那裡忙活著，滿頭滿臉都是汗水，身上也是髒兮兮的，看上去非常努力。

但她只是看了一眼，也沒有說什麼，和幾個人打了聲招呼便走了，心中想著，柳得金喜歡忙那就忙著唄，反正村長給的名單裡面沒有他，到時候算工錢的時候，肯定也是沒有他的。

想著，心裡挺開心的，便慢悠悠往自家的山頭走過去。

秋天，很多樹木葉子開始發黃掉落，看上去光禿禿的，多了幾分蕭瑟。她也不介意，一棵一棵地看過去，發現這些樹木的存活率不錯，決定往山上轉轉。

她需要更多的樹苗和花草。但不急，現在是秋天，沒有後世那種暖房，只能等到來年開春。

往山上去的時候，果然看到了很多樹木，都是適合做綠化植物的。她有心記下來，準備來年春天移植過來。

她又在山腳下逛了一圈，順便在其他植物的指點之下抓到兩隻野雞，摸到了十幾個野雞蛋，才樂呵呵地下山。

就在這時，她感覺一個異樣聲音，下意識看過去，就見一道黑影從旁邊的樹上落了下來，嚇得她差點把雞蛋給扔掉。

「你想嚇死人嗎？就算是白天也會嚇死人的！」柳好好瞪著面前的不速之客，竟然是宮翎。

這個傢伙不是在涼城忙事情嗎？怎麼突然間又來這裡了？

宮翎沈默地看著一手抓著野雞，身上還揣著雞蛋的小子，然後慢慢地開口。「路過。」

「路過？」這大山上的還路過，騙人的話也請說點可信的。

「我去西北。」

「這是西南。」

「我知道。」

第二十八章

然後兩個人就這麼沈默下來，柳好好想了想。「是不是有什麼事情，你說出來我們商量商量呢？」

宮翎沈默片刻，搖搖頭，然後把手中的東西遞過去。

「這是什麼？」

「給你看家護院的。」

狼狗，是狼和狗混種的後代，有著純黑的毛，只不過現在還是小小的一隻，看上去特別可愛，惹得柳好好恨不得搶過來先擼上幾把。

「牠現在還小，可以餵點奶和米糊之類的，等到三個月之後便可以餵食生肉。」他說得很仔細，似乎在交代事情。「狼狗有一半血統為山中野狼，有凶性，所以不要養得太嬌氣，只要好好訓練，定然是看家護院的好手。」

說著就把狗遞過去，柳好好趕緊用衣服包起來，一隻手小心翼翼的，另一隻手拿著野雞還有些不方便，姿勢實在是好笑。

「我走了。」

見她如此喜愛這狼狗，宮翎的眼神也柔和了些許。

「你去哪？」柳好好覺得這個人真奇怪，說是路過，卻送了一隻狼狗，而且這架勢好像是不會再來似的。「你以後……以後不來了嗎？」

宮翎沈默片刻，低聲道：「我去參軍。」

「參軍？」她的眼睛瞪得溜圓，嘴巴半張著，可是許久發現對方只是點點頭，什麼都沒有說，她的心情有些低落。

「那……你小心。」最終只能說出這樣的話來。「一路平安。」

柳好好不知道自己該說什麼，想了想，從腰間把一個小荷包給拽下來。那是灰布做的小口袋，可以說是最醜的那款，平時就拿來裝散碎的銀錢。

「我也沒有什麼好送的，你送我一條狼狗，我……這個是我隨身帶的東西，你拿著。」然後把脖子上的平安符拿下來塞到裡面。「這是平安符，我娘給我求來，很靈驗的。」

宮翎看著手中這個灰撲撲的袋子，臉上竟然浮現一絲笑意來。「好。」

之後，兩個人就這麼分開，再也沒有說什麼。

「這是……」柳李氏見她回來懷裡抱著個東西，有些詫異。

「小狗。以後養大了給咱們看家，若是有人再心懷不軌，就讓牠咬上一口。」

兩個人又說了幾句貼心話，柳好好把小黑狗放到地上，那小傢伙閉著眼睛，也不知道是不是聞到了什麼，竟然軟趴趴地往前走。

「小東西，鼻子倒是靈驗。」說著，她掏點米粉出來，這可是炒熟的白米磨碎的，平時她都捨不得吃，就用來做粉蒸肉。現在看著小傢伙這麼饞，只能便宜牠了。

她用溫水泡軟，放在小狼狗的面前。小狗雖然小，但吃東西卻是一點都不含糊，就這麼狠狠舔著，不一會兒的功夫就沒有了，還嗷嗷叫，好像沒吃飽似的。

「小東西，可不能這麼吃。」小狗太小，若是吃得太多，肚子肯定不舒服。

「好好，過來吃飯吧！」

柳好好順手把小狗抱起來，寵溺地戳了戳狗鼻子。「小東西，你都吃飽了還不滿足，我可沒有吃呢！」

柳李氏見她對小狗如此喜愛，便道：「這小東西太小了，這樣抱著可不好，讓牠多睡睡長個子呢。」

「行，等會兒我做個狗窩給牠。娘，我準備下午去一趟縣城，文遠那邊已經好些時日了，小傢伙害怕耽誤功課，可是好長一段時間沒有回來了。」柳好好認真道：「我去給他送點東西，看看這次休息願不願意回來。」

「行，妳看著辦。」

「娘，柳得金在那邊幹活，咱們就當做什麼都不知道，妳也別被騙了去。」柳好好有些擔心。「我總覺得對方好像心懷不軌。」

「我知道了，妳放心吧，娘也不是傻子。」

是，不是傻子，但是心軟啊，能怎麼辦呢，只能不停地提醒了。

主。

不過那麼多人，她也不擔心這傢伙做什麼，畢竟自己是給錢的，村民們自然不會得罪金主。

這麼一想，柳好好也不擔心了，帶著家裡做的吃食又從縣城買了些小點心，去了書院。見到弟弟，這才短短的二十多天，小傢伙的臉色變好了，整個人也多了幾分精氣神，也不知道是不是書院薰陶，竟然有幾分文人氣質，面帶微笑的時候人也越發英俊了。

「文遠。」

「哥！」

即使再怎麼穩重，也不過七、八歲的孩子，見到家人時候也不淡定了，匆忙奔過來，笑咪咪地看著她。

當然在外面，柳好好不是姐姐而是哥哥，這是他們約好的。

「怎麼樣？」

「挺好的，夫子很好，同學們也很好。」文遠笑了笑，只是不動聲色地藏起胳膊，那上面可是有幾個瘀青，可不能讓姐姐知道。

「那就好。這是娘給你做的蔥油餅，還有這些是給你的換洗衣物。這家點心是你最喜歡的……」說著還掏出一個小罐子。「這裡有些糖，可以送給你們夫子讓他嘗嘗。」

「知道了，哥。」柳文遠笑咪咪的，拿起一塊點心就吃起來。「還是哥哥疼我。」

兩個人笑著說了幾句，卻不想溫馨的時刻總是會被人打斷。

「呵！」

一個不善的聲音傳來，柳好好看了一眼，就見為首的那個人約莫有十五、六歲，錦衣華服，頭髮高高束起，整個人看上去十分囂張。當然那一身的穿戴就已經告訴別人他很有錢，別惹他。

「就是啊，不知道現在書院是怎麼了，什麼樣的人都往裡面收，看這個樣子說不定只是夫子同情才送進來的呢！」

「戴少爺，別和這樣的人一般見識，以免髒了你的眼睛。」

那個小子剛說完呢，身後好幾個人就開口諷刺了。

柳好好一聽，頓時氣了，看著幾個人奉承面前這個小子，冷哼一聲。「呵，這麼說，你們是在質疑書院的制度了？」

「哼，強詞奪理，你們這樣的人還想飛上枝頭變鳳凰，以為進了書院就能夠一飛沖天，真是好笑。」

「呵呵呵，就是有人不自量力啊。」

「各位……」

在大家嘲諷得不亦樂乎的時候，有人出聲了，柳好好看過去，就見一個穿著青衣的少年，面帶微笑地走來。他五官端正，雖然看上去不大，卻已經有了幾分風度，倒是儒雅得很。只是柳好好怎麼看怎麼熟悉……

這時，衣服被人拽了拽，就聽見文遠小聲道：「二哥。」

柳得銀？這個人是柳得銀！

「戴少爺，家弟又惹你生氣了，很抱歉。」說著他扭頭看著柳文遠，有些不悅地道：「文遠，之前我已經和你說了，在書院之中切莫好勇逞強，不可給人添麻煩，知道嗎？」說著他又微微躬身。「抱歉，是我管教不嚴，衝撞了戴少爺。」

那個戴少爺眯著眼睛看著他，嗤笑一聲。「真是……裝模作樣。」

「你誰啊，憑什麼幫我們道歉？我們和這位少爺的矛盾，怎麼也輪不到你插嘴。」柳好好冷笑一聲。「我們可不認識你，別動不動就攀親戚呢。」

說著她把柳文遠拉起來，認真地道：「弟弟，你要記著，你年紀小，外面的壞人多，可千萬別亂認親戚的。還有啊，同窗之誼可不是假的，雖然幾位兄長說話可能有些尖銳，但是本意也是提醒你莫要因為家窮而自卑，畢竟咱們是憑藉真本事進來的，知道嗎？若是有困難便找這幾位兄長，特別是這位戴少爺，看在夫子的面上，定然會幫助一二的。」

柳好好又語重心長地道：「你也別不好意思，不能妄自菲薄也不能打腫臉充胖子。戴少爺畢竟年長見識多，可能對你有些誤會，想來他是想要幫一幫新同窗卻礙於情面……」

反正她一番說辭把戴少爺一行人捧成了想要幫忙卻又不好意思，只能以激將法表達的好同學，而這個柳得銀卻是腆著臉追上來認親戚的人。

眾人的表情實在是有些奇怪，特別是為首的戴少爺看了看小小的柳文遠，臉上的表情真的是一言難盡。畢竟柳文遠才七歲，而他已經十五了，這麼一說比這孩子大這麼多，一群人為難一個小孩子……

他看了看柳文遠，又看了看柳好好，只覺得臉上突然燒了起來。

這時柳得銀又開口了。「你這話……」

「抱歉，我們真的不認識你。」柳好好雙手抱拳，故意壓低了嗓音十分恭敬地說道：「戴少爺，我家弟弟年紀小，不懂事，若是有衝撞的地方，您也別含糊，做錯了事情就要認罰。」

如此識大體，戴少爺真的覺得自己有些過分了。

「呵，我戴榮怎麼可能為難這樣的小子。」

跟在後面的一群人面面相覷，總覺得今天少爺的情緒不對。

柳得銀等到那些人離開之後，臉色有些不虞，看了一眼柳文遠，又冷聲道：「早說了讓你別說我們的關係，偏偏在戴少爺面前點出來，還故作可憐，是何用意！」

「抱歉，我們不認識你，是不是認錯人了，別大白天的亂叫。」

柳得銀自從進了書院之後，一直標榜自己是讀書人，那就要斯文，做事要有禮，說話要含蓄，不可粗魯。這幾年一直都是這樣，所以在待人處事方面從莽撞變成如今的氣度不凡，他是非常驕傲的。

剛來的時候他也的確被人看低，但是現在書院裡不說所有人，大部分人還是對他十分有好感。

但是他知道整個書院地位最高的便是剛才那位戴榮，看到他們欺負柳文遠的時候，他覺得自己機會來了，便以哥哥的身分要求柳文遠道歉，然後獲得對方的好感。

可是現在呢？莫名其妙被貶低，而那個小崽子竟然入了戴榮的眼睛，簡直就是豈有此理！

「柳好好，妳什麼意思？」

「誰說我是柳好好，我叫柳文近。說了不認識你就不認識你，結果你倒好，人都認錯了還攀認親戚，真是……」

「柳文近？倒是給自己取了一個好名字，不過再怎麼變也是女兒身。」柳得銀並未露出猙獰，只是輕飄飄地說道：「妳可知若是被夫子知曉，這文遠也會被剝奪讀書的機會了。」

柳好好輕笑一聲。「當然，若是被人知曉您的父母逼死姪女，差點害得弟弟家破人亡，不知道如此品行是否能讓你在這裡安心讀書呢？」

柳得銀自然是知道家裡人做的事，卻不想有朝一日被拿來威脅自己。

「柳得銀，我弟弟若是被夫子趕回去，做兄長的自然也是共同進退，是不是啊？」柳好好絲毫不懼，笑咪咪的。

柳得銀知道這話中的意思，種種猜想下來，只能奮力甩了甩衣袖就走了。

「哥……」

「行了。」柳好好淡然道，看著那個離去的背影。「無妨，大不了以後我就在外面看你啊，你出來咱們出去吃。」

「好！」

柳好好摸摸他的腦袋，見小弟笑得開心，又囑咐道：「剛才那個叫戴榮的少爺性子高傲，但是手底下那些人都不是良善之輩，慣會溜鬚拍馬，你也別得罪他們。若是真的躲不開的話，到時候直接找戴榮，示弱一下，自然會沒事。至於柳得銀，平日別跟他說話，你們反正也不熟。」

「我知道的。」

柳文遠最厭煩這個哥哥了，平時見到根本像不認識他似的，現在又巴上來，別以為他小不知道，就是想要打壓他攀上那位戴少爺！

但他倒不覺得什麼，笑了笑安慰道：「哥，趕緊回去吧，這有什麼不放心的，夫子可喜歡我了。」

「可是……」

「夫子還讓我過去吃飯呢，因為我背書又快又好，說我前途不可限量。別擔心，柳得銀就算想要做點什麼，那也要有本事。」

被這麼一說，柳好好只能離開，雖然還是很擔心，但是想著文遠未來的前途也只好忍著了。

她乾脆順便到趙掌櫃的店裡。對方一如既往地樂呵呵的，看著偶爾幾個人進來買點花草，她心情也變好了。

「生意興隆啊。」

「借妳吉言，不過妳倒是不含糊，上次出了風頭。那兩株蘭花養得不錯，看來我是小瞧了妳。」

「運氣，嘿嘿，從山上挖的。」

「運氣是運氣，好的花草遇到不容易，但是養得那麼有精氣神也難得了。」

「嘿嘿，趙掌櫃的誇我都不好意思了。」

趙掌櫃看著這小丫頭片子。「妳看來真的有天賦啊。對了，妳長春叔最近真的在找人呢，準備把手上的給賣了，妳要是真的想要走這一行，買下來可是對妳很有利的。」他也知道他們家的情況，想了想便道：「現在入秋了，冬天肯定是不行了。要不妳把他們家的給買下來，到時候春天把花草給移植過去，然後再把那邊的土地租出去，這樣也算是不錯的。」

若不是覺得柳好好的確對花草有一手，又是一個有眼光的，趙掌櫃肯定是不會這樣說，雖然有幾分私心，但是本意卻是好的。

「這樣啊，我想想……」柳好好點點頭。「趙掌櫃，還是挺謝謝你的。」

說著，她把背簍拿下來，將養到現在的那棵紫菱草給拿出來。「這棵我養了很長時間了，小傢伙長得不錯，我覺得挺適合趙掌櫃的。」

這株紫菱草不管顏色、長勢，還是精氣神都是一等一的好，雖然這小草價值不高，但是顏色漂亮又便宜，是很受人喜歡的。

只是這一棵一看又有些不同，草葉竟然紫色中帶著幾條金色的橫線，遠遠看去特別顯眼，很漂亮。

「這使不得、使不得。」這肯定是能賣個好價錢的。

「趙掌櫃，你若是推辭的話，日後我豈不是無臉再來？我娘說了，受人恩惠一定要懂得感恩，我雖然沒有什麼能力，但是一株花草卻是我的心意，若是趙掌櫃不收下的話……我真的是無顏麻煩你了。」

「你這孩子……」

——未完，待續，請看文創風828《靈通小農女》2

國家圖書館出版品預行編目資料

靈通小農女 / 藍一舟著. --
初版. -- 臺北市 : 狗屋, 2020.03
冊 ; 公分. --（文創風）
ISBN 978-986-509-084-5（第1冊：平裝）. --

863.57　　109000515

著作者	藍一舟
編輯	張蕙芸
校對	周貝桂
發行所	狗屋出版社有限公司
地址	台北市104中山區龍江路71巷15號1樓
電話	02-2776-5889～0
發行字號	局版台業字845號
法律顧問	蕭雄淋律師
總經銷	知遠文化事業有限公司
電話	02-2664-8800
初版	2020年03月
國際書碼	ISBN-13　978-986-509-084-5

本著作物由廣州阿里巴巴文學信息技術有限公司授權出版

定價250元

狗屋劃撥帳號：19001626

網址：love.doghouse.com.tw　E-mail：love@doghouse.com.tw